KB039958

나답게
살고 있냐고

마흔이
물었다

설레거나
시시하거나
이대로가 좋은 나이

나답게
살고 있냐고

마흔이
물었다

김은잔 지음

포레스트북스

나 이 답 게 아 닌
'나 답 게' 산 다 는 것

모든 경험은 상대적이다. 그런 의미에서 우리 모두는 각기 다른 시간 속에서 살고 있다. 누군가에게 마흔은 너무 늦은 나이일 수 있지만, 또 다른 누군가에게는 뭐든지 할 수 있는 아직 젊은 나이임이 틀림없다. 하지만 마흔을 앞둔 이들은 좀 두려울지도 모르겠다. 막연하게 이 나이쯤에는 뭐든 안정이 되어야 한다고 생각하기 때문이다. 일에서의 성공, 안정된 인간관계 혹은 사랑이나 결혼 같은 일들 말이다. 더 이상 앳된 스물도 아니고, 사회 초년생인 서른도 아닌 무려 마흔이 됐으니 이제는 '진짜 어른'이 되어야 한다고.

그러나 마흔 역시 스물이나 서른과 마찬가지로 처음 경험하는 낯선 나이일 뿐이다. 내게는 마흔을 앞둔 시간이 인생에서 가장 어렵고 힘든 순간이었다. 열심히 살아온 것 같은데 정작 이룬 것은 없었고, 남들은 착실하게 루트를 밟아가며 결혼이든 승진이든 성과를 내는데 나만 뒤처진 느낌도 받았다. 나한테만 인생이 이렇게 가혹한가 싶었고, 열심을 내는 일이 다 무의미하게 느껴지기도 했다. 돌이켜보면 한순간도 쉬운 적이 없었다. 아마 앞으로 다가올 날들도 마찬가지일 것이다. 그래도 이제는 예전처럼 조바심을 내지 않는다. 막상 마흔이 되고 보니 인생이 내 맘대로 되지 않는다고 해서 큰일이 생기는 것도 아니고, 뜻하지 않은 곳에서 의외의 인연이나 다른 길을 만날 수 있다는 걸 알게 되었기 때문이다.

만약 당신이 마흔을 앞두고 있다면, 조금 안심해도 좋다. 미리 두려워할 필요는 더더욱 없다. 지금 느끼는 모든 불안감과 혼란스러운 마음은 당신이 100퍼센트 정상이란 뜻이다. 많은 이들이 이미 지나온 길이며 나 역시 그랬다.

30대 후반부터 마흔까지 겪고 느낀 것을 기록하는 일은 나를 치유하는 과정이었다. 더불어 다가올 이 시간을 막연하게 고민하는 이들을 위한 위로가 되어줄 것이다. 분명한 건 마

흔의 시간을 통해 나는 성장했고, 예전보다 더 나은 사람이
되었다는 사실이다. 이는 모든 불안 속에서도 '나답게' 사는
일을 포기하지 않은 결과기도 하다. 남들과 다르게 살까 봐
나다움을 포기하는 순간, 모든 것은 돌이킬 수 없게 될지도
모른다. 어쩌면 이게 가장 두려운 일이 아닐까? 누가 뭐래도
내 인생을 나답게 사는 건 오직 나만이 할 수 있는 일이니까.

　이제 막 마흔이 되었거나, 마흔을 얼마 남겨두지 않아서
왠지 모르게 불안한 이들이 있다면 그저 자신의 삶을 살아가
라고 말해주고 싶다. 무엇이든 포기하지 않는다면 언젠가 당
신도 그때가 가장 괜찮은 날들이었다고 말하게 될 것이다.
그리고 이 책이 그 여정에 조금이라도 위안이나 도움이 되기
를 바란다.

　　　　　　　　　잔인하리만큼 눈부신 2020년 5월의 어느 날,
　　　　　　　　　　　　　　　　　　　　　　　　김은잔

⋮

차 례

Part 2

나이 들어도
멜로가 체질이라서

Part 3

때로는 과감한 멈춤과 리셋이
필요한 관계

Part 4

적당히 설레고
시시하게 살면 어때

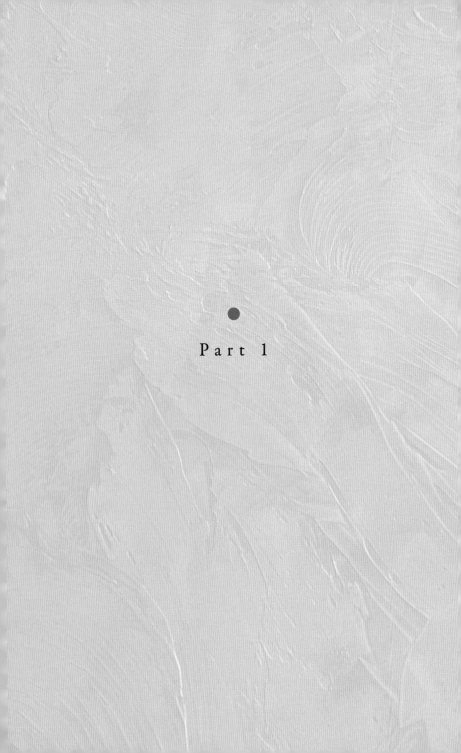

Part 1

:

완성형이 아닌
지금 이대로도
괜찮은 나이

:

이번 생애
마흔은 처음이라서

30대 후반, 마흔 언저리부터 막연하게 내가 매일 느끼고 경험하고 뼈아프게 깨달은 이야기들을 쓰고 싶었다.

그 시절의 나는 지금의 내가 (내 인생에서 가장 젊기도 했지만) 가장 늙었다는 사실이 혼란스러울 때가 많았다. 세상은 지금 네 인생에서 가장 젊은 이 시기를 맘껏 누리라고 소리쳤지만, 현실의 나는 처음 경험하는 가장 많은 나이인 30대 후반에 막 들어서는 중이었다. 가장 젊기도 하지만 가장 늙기도 한 몸과 마음으로 대체 어떻게 살아야 잘 사는 것인지, 어떻게 해야 이 시기를 잘 보내는 것인지 고민하는 날들이 많았다. 모두가 그러하듯 '내 생애 마흔은 처음이라서' 말이다.

오로지 나의 주관적인 시각에서 지금까지의 인생을 펼쳐 보면 넘지 못할 큰 고비나 굴곡이 있었다고 보긴 어렵다. 하지만 쉽지 않았던 것은 분명하다. 인생을 권투 경기에 비유한다면 링 위에서 조심해야 할 게 강편치만은 아닐 것이다. 강편치는 때론 생명을 앗아갈 만큼 위협적이지만, 그보다 더 무서운 건 여러 번 이어지는 잽 공격이 아닌가 싶다. 날카로운 잽 공격의 횟수가 늘어나면 아무리 강한 권투 선수라도 결국 지치게 되고, 갑작스러운 강편치를 피할 수 있는 판단력과 여유를 잃는다.

내 삶에 강편치는 없었어도 준비되지 않은 순간에 잽 공격은 여러 번 오가곤 했다. 운 좋게 피할 때도 있었지만 여지없이 얻어맞고 넘어지거나, 때로는 회복이 불가능하기도 했다. 그래도 어느 정도의 회복 기간을 통해 치유됐고 나는 다시 일상을 살아냈다. 나름대로 삶의 지표도 있고, 인생의 방향 감각을 잃지 않기 위해 애쓰면서 잘 버텨왔다고 생각한다.

애써 이만하면 잘 하고 있다고, 나는 내 삶을 아무렇게나 두지는 않았다고 자위하며 살아왔지만 마흔 언저리에 들어서자 혼란스러운 기분이 몰려들었다. 잘해왔다고 생각했지만 이대로 정말 괜찮은 게 맞는지, 앞으로 계속 이렇게 살아도 되는 건지 확신이 서지 않았다. 갑자기 길을 잃은 느낌이랄까.

객관적인 시선에서 평가되는 '나'는 어떤 모습일까? 문득 궁금해지기 시작했다. 하지만 이건 어리석은 궁금증일 수밖에 없다. 누군가의 인생이 객관적으로 평가되는 것 자체가 사실 불가능하며, 겉으로 드러나는 단적인 지표들만 가지고 누군가를 판단할 수 있다는 생각 역시 오류라고 생각한다. 하지만 인생은 표면적으로 드러나는 몇 가지 사실로 전부가 꽤 자주 평가되고 만다.

내가 막 맞이한 마흔은 인생의 중간 성적표가 매겨지는 나이가 아닐까 싶다. 그렇다면 나는 지금 어느 지점에 와 있을까? 그동안 내가 해온 모든 결정과 행위에 대한 평가를 받아들일 준비가 됐을까?

혼란스러운 생각은 머릿속에서 뒤엉켜 더 커다란 덩어리가 되었다. 정리하지 않고 내버려두면 엉킨 채로 더 큰 응어리가 될 것만 같다. 이럴 때 내가 할 수 있는 일은 생각을 글로 나열해보는 정도다. 지금 닥친 문제나 상황들의 연관성을 고려하지 않고 생각나는 대로 쭉 적다 보면 고민이 정리되기

도 한다. 이번에도 나는 이 혼돈을 정리하기 위해 우선 나의
현재 상태를 무작정 펼쳐보기로 했다.

- 1980년생, 정직하게 마흔 살인 대한민국 미혼 여성.
- 16년째 고용 불안에 시달리는 방송 작가.
- 여전히 얇게 깔린 통장 잔고, 대신 두꺼운 전세 대출.
- 4대보험이나 국민연금이 없는 프리랜서.
- 따로 준비하는 노후 대책 없음(연금, 펀드, 투자, 부동산 일체 포함).
- 때때로 연애, 간혹 가벼운 모임은 나가는 정도의 사회성.
- 아직은 괜찮은 인간관계를 가지고 있다고 생각함(참고로 친한 친구들은 대부분 기혼).
- 주 2회 운동으로 겨우 지키고 있는 신체 나이 30대 수준 의 체력.
- 혼술과 혼밥을 적절히 즐길 줄 아는 독립 8년 차.
- 혼드, 혼영은 일상, 가끔은 혼여.
- 대체로 지금의 혼삶을 즐기고 있다고 생각함.
- 마흔 살이 되었지만 이전과 달라진 게 없어서 고민 중.
- 가끔은 이상적인 혼삶과 현실의 혼삶 사이에서 괴리감

을 느낌.

· 그래도 안 괜찮은 날보다 괜찮은 날이 더 많은 것 같기
에 '괜찮다'고 생각 중.

이렇게 정리하고 보니 역시 대책이 없다. 그래도 괜찮다.
어쩔 수 없지 않은가. 이미 마흔이 되어버렸는데……. 그렇
다. 나는 이 나이가 아직도 믿기지 않는다. 내 인적 사항 앞
에 따라붙는 숫자 '4'가 몹시 낯설다. 그렇다면 나는 이제 무
얼 해야 하지?

·
·
·

혼자 사는 게
무조건
자유롭고 화려할까

"앞으로 뭐 해서 먹고살아?"

"혼자서도 잘 살려면 경제력이 제일 중요하지."

"예전엔 도피로 선택하는 결혼에 회의적이었는데, 지금은
그냥 사는 것 자체에 회의감이 들어."

"진짜 남들처럼 사는 게 제일 어렵네, 왜 이렇게 어렵냐."

또래의 친한 작가들과 만나면 여기저기서 신세 한탄이 쏟
아진다. 몇 년째 같은 레퍼토리지만 그래도 안 할 수 없다.
이렇게라도 해야 답답한 속이 풀린다는 사실을 우리 모두 잘
아니까. 남들의 일과 연애, 결혼 생활이 모두 결코 쉽지 않다

는 걸 잘 알고 있지만, 이렇게 모일 때면 우리가 세상에서 가장 힘들게 사는 것만 같다.

오랫동안 같이 일했고, 꾸준히 안부를 주고받다 보니 동료애를 넘어선 동지애가 강하게 발동하면서 우리는 연대한다. 비슷한 처지라서 부연 설명 없이도 척하면 척, 대동단결하는 사이다.

프리랜서 집단인 방송 작가들은 항상 일정하지 않은 월급과 고용 불안에 시달린다. 그래서 언제부턴가 대화의 화두는 먹고사는 일의 고단함이 되었다. 내 주변의 작가들은 경력이 10년도 훌쩍 넘어선, 거의 20년 차에 가까운 왕 작가들이 대다수다. 20년 가까이 남들 놀 때 안 놀고 남들 쉴 때 못 쉬고 방송가에 젊은 피를 쪽쪽 빨리며 일했지만, 현실은 '개털', '빛 좋은 개살구', '비정규직', '작가=잡가'이고, 빈털터리에 가까운 경제력과 저질 체력을 가졌을 뿐이다. 모두가 그런 건 아니지만 내 주변의 작가들은 확실히 그렇다. 우리가 알뜰하지 않아서가 아니라(핑계라면 핑계일 수 있지만) 1년에 기본적으로 두세 달쯤(이보다 길어질 때가 더 많다)은 원치 않게 쉬게 되는 개편, 시즌 종료 등의 난데없는 프로그램 증발이 난무하는 방송 시스템 속에서 오랫동안 생계를 꾸리다 보니 정기적으로 월급을 받는 직장인과는 다른 통장 잔고를 갖게 된다.

밤샘과 야근을 밥 먹듯 하는 방송 일은 엄청난 노동 강도를 요구하고, 방송 시간, 즉 시청자와의 약속도 정해져 있어서 마감의 압박까지 견뎌야 한다. 그만큼 몰골도 체력도 말이 아니다. 그야말로 방송가 좀비들이 따로 없다. 누구보다 열심히 일해왔다고 생각했지만, 현실은 홀쭉한 통장 잔고와 바닥 난 체력, 그리고 나이는 어느덧 마흔 언저리에 와 있다. 이쯤 와서 지금의 나를 돌아보면 허무해진다. 일의 대가도 정당하게 받지 못한 것 같아서 억울하기까지 하다.

어쩌다 이렇게 되었는지, 아니면 남들이 한창 연애할 때 그보다 재미난 게 많았던지, 그도 아니면 그냥 결혼이 싫었던지 명확한 이유는 알 수 없으나 우리는 어쩌다 보니 결혼도 안 하고, 아니 못 하고, 드라마에 나오는 화려한 싱글도 아닌 채로 마흔을 맞았다. 그리고 이게 보통 마흔의 리얼한 현실이다.

아마도 대부분의 마흔이 이런 상태가 아닐까? 나이가 꽉 찬 싱글이라고 다 골드미스도 아니고 엄청 세련되거나 고급스럽게 사는 것도 아니다. 드라마에 나오는 30대 중후반의 여자 주인공처럼 한강 뷰를 자랑하는 아파트에 살면서 아침이면 강아지랑 산책하고, 빨간색 외제 차를 타고 폼나게 출근하고, 퇴근 후엔 와인 바에서 술을 마시면서 잘생긴 연하남과 연애하는 것이 아니듯이. 이건 드라마에서나 볼 수 있는 '남'의 이야기이다. 그나마 현실처럼 리얼하다는 예능 프로그램 「나 혼자 산다」만 봐도 그들의 생활이 현실의 우리랑 같은가? 연예인들이 아무리 잠옷 바람에 민낯으로 나온다고 해도, 그들은 이미 연예인이고 우리는 일반인이라는 절대 불변의 법칙이 엄연히 있는데 어떻게 그들처럼 살 수 있을까. 리얼 관찰 예능도 그야말로 예능일 뿐 현실이 아니다. 이미 동등한 비교 대상이 아니기에 동일한 선상에서의 비교는 불가능하다.

하지만 많은 사람이 텔레비전 속의 연예인처럼 '나 혼자 사는 것'이 무조건 자유롭고 멋질 것이라고 오해한다. 더 나아가 그렇게 살지 않으면 시대에 뒤떨어진 사람으로 치부하기도 한다. 너는 딸린 식구도, 돌볼 자식도 없으면서 왜 그렇게 살지 못하느냐고 무언의 강요까지 하는 것 같다.

나는 싱글들은 모두 화려한 삶을 살 거라는, 혹은 그렇게 살아야 하지 않겠느냐는 강요와 오해가 불편하다. 겉으로는 비혼을 말하면서도 결혼하지 않은 명백한 이유를 댈 수 없는 비자발적인 비혼들이 더 많다는 것을 사람들이 알았으면 좋겠고, 그런 이들에게 멋진 비혼을 강요하는 게 결혼을 강요하는 것 이상의 무례가 될 수 있다는 사실을 알았으면 좋겠다.

요즘의 비혼은 '왜 결혼하지 않느냐'부터 '왜 혼자 살면서 그렇게 살지 못하느냐'는 주변의 따가운 시선까지 감당해야 한다. 결혼을 했다고 모두가 행복하게 잘 사는 것이 아니듯, 홀가분한 싱글이라고 해서 모두가 자유롭게 하고 싶은 대로 살지는 않는다.

사실 비혼의 삶이 그리 멋지지만은 않다. 정제해서 올리는 SNS 속 사진처럼 늘 근사한 곳에서 외식을 하지도, 금요일 밤이면 클럽에 가서 아직 남은 청춘을 마음껏 소비하듯 자유롭게 살지도 않는다. 이런 일은 어쩌다 있을 뿐이다. 경제적으로 충분히 안정되어 있다면 모를까, 매일의 일상이 SNS처럼 예쁜 화면으로 장식되진 않는다. 보통 비혼의 경제 사정은 대한민국의 평범한 성인 대부분이 그러하듯이 늘 빠듯하다. 혼자 산다고 해서 돈을 혼자서 '다' 쓴다고 생각했다면 너무 일차원적인 판단이다. 혼자 살면서 부모님을 부양할 수도 있고, 월세나 전세금, 대출금을 혼자 갚아야 해서 여유가 없을지도 모른다. 언제나 고정 지출은 있는 법이며 각자의 사정은 존재하는 법이니까.

시간은 모두에게 공평하게 흐르고 그 시간 속에서 우리는 모두 같은 나이를 경험하며 살아간다. 어떤 이들은 화려한 싱글을 누릴 수도 있고, 반려자를 선택한 이들은 달콤한 결혼 생활을 할지도 모른다. 누군가는 결혼을 후회하며 싱글로의 회귀를 꿈꿀지도 모르고, 또 다른 누군가는 결혼을 기다릴지도 모른다. 분명한 건 누구에게나 마흔은 똑같이 찾아오고, 누구의 마흔이든 모두 쉽지만은 않다. 현실에선 표면적으로 드러나는 것보다 숨겨진 이야기가 더 많다. 어쩌면 보통 마흔의 삶은 '찌질하고 구린 모습'일지도 모른다. 내 인생의 주인공은 '나'라고 하지만, 결코 주연이 되지 못한 채 조연으로만 살게 될지도 모른다.

그래도 나는 우리 주변 40대의 짠내 나는 일상과 그들의 생각이 궁금하다. 더 이상 화려한 싱글이 아니고 대부분 '남의 편'인 것 같다는 남편이나 예쁜 아이들과 꾸려가는 단란한 가정은 없지만, 하루하루 혼자서 어떻게든 버텨내고 잘 살기 위해 애쓰는 보통의 삶. 눈부신 스포트라이트는 없지만 사실 우리의 모습과 가장 비슷한 이들의 싱글 라이프가 말이다.

혼자 잘 사는 것이 대세인 시대이고, 혼자 사는 사람들에게 쏟아지는 시선은 대개 부러움일 때가 많지만, 누군가 한 번쯤은 말해줬으면 좋겠다. 혼자라고 해서 꼭 부러운 삶을 살지 않아도 괜찮다고. 1인분의 삶을 잘 유지하기 위해선 사실 1인분 이상의 노력과 용기가 필요하고, 주변엔 이 삶을 지탱하기 위해 조용히 고군분투하는 이들이 많다고.

지금도 어딘가에서 자기만의 인생을 묵묵히 살아내고 있는, 나를 포함한 이 시대의 모든 고단한 마흔살이를 힘껏 응원하고 싶다.

:

비혼주의자에 대한
환상

　요즘 젊은 사람들을 포함해 많은 이들이 비혼에 대해 잘도
떠들어댄다. 그런데 그들이 비혼에 대해 정말 깊게 고민해봤
을지 의문이 들 때가 있다.

　한 토크쇼에서 20대 연예인들이 비혼에 대한 본인의 생각
을 자유롭게 말하는 모습을 봤다. 그들은 나름 확고해 보였
다. 자신이 비혼주의자라는 것에 굉장한 자신감을 보였고,
소신 있는 듯 말하고 있었다.

　하지만 그들이 말하는 비혼의 이유가 나한테는 설득력이
별로 없었는데, 그 이유는 다음과 같다.

- 내 돈을 타인과 나눠 쓰기 싫어서.
- 육아 때문에 잠을 포기하기 싫어서.
- 연애를 더 이상 할 수 없어서.
- 육아를 제대로 할 자신이 없어서.
- 요즘은 혼자서도 다들 잘 사는 것 같아서.

비혼주의를 원하는 이유가 '포기하지 못하는 사생활'이 대부분이어서 좀 실망스러웠다. 좀 더 설득력이 있는 이유여서 공감할 수 있었다면 좋았을 텐데……

그들은 현재 누리고 있는 것들이 영원히 지속될 거라 믿는 듯 보였다. 앞으로 쭉 이 정도의 경제력(혹은 좀 더 나은 경제력), 팔팔한 체력, 연애와 인간관계를 유지하면서 늙지 않을 것처럼 말하고 있었다.

앞으로 10년, 20년 후에도 내 돈을 혼자서 마음대로 다 쓸 수 있는 삶. 아무도 나의 달콤한 잠을 방해하지 않고, 연애도 계속할 수 있으며, 힘든 육아 대신 나만 챙기면 되는 자유로움. 그들은 이런 '혼삶'에 대해서만 참으로 홀가분하게 말하고 있었다. 그러나 그들이 가진 비혼 로망은 현실성이 결여되었으며, 매우 근시안적으로 보였다. 이는 환상에 가까웠다.

어느 날 갑자기 혼자서 돈을 벌 수 없는 순간이 오면?

⋯ 갑자기 아프거나 실직할 수도 있다!

지금처럼 연애 상대를 주변에서 쉽게 찾을 수 없으면?

⋯ 나이가 들어도 결혼을 전제하지 않은 연애가 생각처럼 쉬울까?

꿀잠을 포기하지 않아도 되는 대신 나를 보살펴줄 사람이 오직 나밖에 없다는 사실을 깨닫게 되면?

⋯ 뉴스에 나오는 고독사가 더는 남의 일이 아니다!

이런 일들이 생각보다 빨리 찾아올 수도 있다는 사실까지도 깊게 고민해봤을까? 물론 누구든지 자신이 어떻게 살아갈지 결정하는 일은 매우 중요하며, 누가 뭐라고 상관할 바가 아니다. 그리고 요즘 사람들의 비혼주의는 개인의 문제를 넘어 사회구조적인 시각으로 접근해야 한다는 것도 알겠다. 어쩔 수 없이 포기해야 하는 것이 많았던 이들에게 비혼은 자신의 삶을 지키기 위한 하나의 방식일 수도, 혹은 둘보다 혼자인 삶이 충분할 거라는 자각 속에서 나온 의지의 결과일 수도 있다.

　다만 내가 우려하는 건 이들이 꿈꾸는 멋진 비혼이 생각만큼 녹록지 않기 때문이다. 여러 번 심사숙고해야 하는 문제이며, 사회 분위기나 유행에 따라 생각 없이 결정되어서는 안 된다.

　나는 30대 후반이 돼서야 결혼하지 않고 혼자 사는 인생, 즉 비혼에 대해 진지하게 생각해봤다. 솔직하게 말하자면 현재 나는 자발적이라기보단 비자발적인 비혼에 가깝다. 결혼하지 않고 혼자 살기로 스스로 결정한 게 아닌, 어쩌다 보니 미혼이다.

　요즘은 미혼과 비혼이 혼용되어 사용되는 경우가 많다. 하지만 미혼과 비혼의 차이는 명백하다. 언젠가 그 의미를 네이버 오픈사전에서 찾아본 적이 있다. 그 둘의 차이는 '의지'에 있었다.

　[미혼] 혼인 상태가 아님을 뜻하는 용어
　[비혼] 혼인할 '의지'가 없음을 뜻하는 용어

비혼에 '나 혼자 산다', 즉 '멋지게 산다'라는 사회적인 트렌드가 더해져 결혼하지 않고 혼자 사는 사람이 부러움의 대상이 된 세상. 이런 분위기 속에선 때론 개인의 의지마저 제멋대로 규정되는 상황을 만나게 된다.

요즘 사람들은 "아직 미혼이세요?"라고 묻는 대신 "혹시 비혼이세요?"라고 묻는다. 어떤 이유인지는 모르나 '아직 미혼'이라고 말하는 데엔 좀 주저하게 되지만, '비혼'이라고 말할 때는 좀 더 당당해진다. 나만 느끼는 착각일까? 누군가가 당신에게 미혼인지 혹은 비혼인지 묻는다면, 당신의 대답은 무엇인가?

비혼이든 미혼이든 간에 정말 깊게 고민하고 또 고민해서 자발적인 의지로 앞으로의 삶의 형태를 결정하길 바란다. 어떻게 살아갈지 결정하고 선택할 권리는 오직 나에게만 있으니까.

⋮

결혼한 여자들의

감정까지

공감해야 돼?

"너는 애를 안 낳아 봐서 그 감정을 모르나 봐."

결혼한 친구들에게 불쑥 저런 이야기를 들을 때마다 어떻
게 대답해야 할지 몰라 난처할 때가 많았다. 좀처럼 표정 관
리가 되지 않았고 이런 생각이 들었다.

'네가 아이를 낳고 알게 된 감정을 내가 꼭 알아야 해? 나
는 지금 출산 후에 생기는 복잡한 감정까지 미리 알아야
할 만큼 여유가 없어. 지금 내 앞에 놓인 일과 고민을 해
결하기에도 감정적으로 이미 포화 상태거든?'

마음속에선 또 다른 질문도 쏟아졌다. '너는 서른여덟 살까지 혹은 서른아홉 살까지 결혼도 안 하고, 애도 안 낳은 상태로 대한민국에서 싱글로 살아가는 여자의 감정을 느껴봤어? 그게 네가 지금 말하는 결혼, 임신, 출산, 양육을 하며 느끼는 감정보다 가볍다고 생각하는 거야?'

물론 이렇게 얘기한 적은 단 한 번도 없지만 말이다! 목구멍까지 치밀어 오르는 질문과 생각을 접어둔 채 집으로 돌아오는 날이면 대체 왜 결혼해서 육아를 하는 여성들의 삶만 포기하는 게 많고 치열하다고 하는 건지 이해할 수 없었다. 기혼자에겐 '결혼과 출산'이 자신들의 삶에서 벌어진 가장 큰 이벤트겠지만, 냉정하게 말하면 그건 개인의 특별한 경험일 뿐, 미혼인 나에게도 특별한 일이 될 순 없지 않은가.

친구와 나 사이엔 아무 일도 없었지만, 어느 한쪽이 결혼을 하게 되면서 명확한 입장 차이가 생긴다. 전혀 다른 생활을 하는 데서 오는 간극이 점점 벌어지고, 각자에게 서로 다른 이유가 생겨난다.

결혼하지 않은 여자의 입장에서는 육아를 하는 친구들을 만날 때 큰 인내심이 필요하다. 장담할 수 없는 그녀들의 스케줄에 맞춰야 하고, 동선은 가능한 한 짧게 잡는 게 좋으며, 만날 장소와 위치까지 두루 고려해야 한다. 게다가 특정 시간에는 돌아가야 한다는 '신데렐라 만남'인 경우도 많다. 아이가 아프거나 집에 일이 생겼을 때 갑자기 약속을 취소하는 것도 이해해야 한다. 이런 일은 상당히 자주 반복된다. 주변에 결혼한 친구들이 많은, 나이가 적지 않은 싱글의 입장에선 여러 명에게 이런 일을 겪는다.

마음 깊은 곳에선 전쟁 같은 시기를 버텨내고 있는 친구를 이해해줘야 한다고 생각하면서도 한편으론 서운하다. 그녀들의 이야기에 언제나 진심 어린 공감과 원하는 리액션을 해주기도 쉽지 않다. 친구들은 저마다 육아를 하면서 느끼는 애로 사항과 시댁과의 불편한 이야기들을 속사포로 쏟아내는데, 거기에 듣는 사람인 '나'에 대한 궁금증은 도통 없다. 너는 요즘 뭐가 고민이고 뭐가 문젠지 물어보지도 않는다. 이쪽에서 먼저 말하기도 애매한 분위기가 형성된다. 서로 하고 싶은 말이 다르고 공감이 안 되니, 대화는 겉돌다 결국 너는 '결혼을 안 해서' 또는 너는 '애를 안 낳아서'로 이야기가 흐르고 만다.

오랜만에 만난 친구에게 요즘의 힘듦과 고민을 얘기하고

싶은 건 미혼도 마찬가지다. 육아에 지친 친구도 위로하고, 본인도 위로받고 싶은 마음에 어렵게 시간을 맞춰 어떻게든 친구와 만나려 하는 것이다. 결혼을 하거나 아이를 낳지는 않았지만, 이쪽 역시 나름대로 삶을 버티는 중이라 친구의 폭풍 공감과 위로가 필요하기 때문이다. 하지만 서로의 공감 안테나는 다른 곳을 향하고, 이야기는 엉뚱하게 흘러갈 때가 많다.

친구의 육아 이야기가 한바탕 끝나고 나면 그제야 겨우 '나'의 이야기가 나온다. 지난달에 여행을 다녀왔고, 퇴근 후엔 맛집을 찾아가거나 친구와 술을 마시기도 한다고, 또 전혀 가망이 없어 보이는 소개팅을 하고 가끔 썸을 타기도 한다고. 그런데 기혼 친구에게 이런 이야기는 지금 자신이 할 수 없는 종류의 것이다. 친구는 진심으로 부러운 마음이 들었는지 아니면 아직도 그렇게 헤매는 내가 안쓰러웠는지 구분이 되지 않는 경계성 발언을 한다. 바로 이런 이야기다.

"넌 결혼 안 해서 좋겠다."

"지금이 좋은 줄 알아."

"평생 결혼하지 말고 자유롭게 혼자 살아."

결혼을 안 해서 대체 뭐가 그리 좋아 보인다는 건지, 자기들은 다 결혼해 놓고 나더러 평생 혼자 살라는 것은 어떤 뜻인지, 내가 너무 꼬인 걸까. 스스로 자책하게 되고 더 이상 입을 떼기가 싫어진다. 내 감정을 상대방이 대수롭지 않게 여기는 것 같아서 기분이 상한다. 이런 만남은 오해를 낳는다. 결국 서로 간의 틈이 좁혀지지 않으면 관계는 정리되고 만다.

　그리고 내게도 이런 경험이 있다. 냉정하게 말하자면 과거엔 절친이었지만 지금은 서로가 원하는 역할을 해주지 못하는 관계가 되었고, 상대방을 이해하려는 노력도 부족해서 멀어졌다. 그때 여자로, 엄마로, 아내로 살아가는 그녀들의 입장을 조금만 더 이해해주고 배려해줬다면 관계가 잘 유지됐을까. 아니면 너만 힘든 건 아니라고, 모두 그렇게 각자 삶의 무게를 견디며 세상이라는 험난한 무대에서 고군분투하고 있다고 속 시원하게 말했다면 뭐가 달라졌을까?

　삶의 무게가 버거운 건 모두가 마찬가지다. 그녀들은 육아를 하면서 어렵게 쌓은 커리어를 대부분 잃게 되었고, 세상과 점점 단절되면서 아이를 키워야 하는 현실이 힘겨웠을 것이다. 항상 불안정한 프리랜서 신분이었던 나는 언제나 내

한 몸 건사하며 남들만큼 살아내기가 힘에 부치는 날이 많았고, 여자, 남자라는 성별을 떠나서 한때 가장 친밀했던 존재들이 일순간 사라지는 것처럼 느끼기도 했다. 그들은 그저 결혼과 육아 속으로, 자신의 삶 속으로 들어갔을 뿐이지만 나는 혼자 남겨진 것 같은 기분을 종종 느꼈다. 그것은 남겨진 자의 상실감이었다.

어쨌거나 그때의 나는 지금보다도 훨씬 미성숙했던 모양이다. 기혼 친구들을 인정해주거나 깊게 공감해주지 못했다. 혼자 어렵게 지키고 있는 내 삶이 가벼이 치부되는 걸 그냥 넘기지 못했다. 옹졸했다.

누구에게나 무조건적인 위로와 관심이 필요한 시기가 있는 법인데, 그 당시의 나는 상대를 온전히 다 이해해줄 수 없었다. 아주 친한 친구에게조차 결혼 안 한 자의 상대적 박탈감을 느낄 때면 스스로도 많이 혼란스러웠다. 하지만 여전히 의문은 남는다. 결혼한 여성이 포기해야 했던 것을 유지하고 있다고 해서, 결혼 안 한 여성의 삶이 더 편하고 즐겁기만 할까?

결국 누구의 삶도 결코 가볍지 않다. 누구의 비교 대상이 되어서도 안 된다. 누구에게나 각자 주어진 삶의 무게가 있고, 그것을 감내하기 위해 안간힘을 쓰며 노력하는 시간이 있기 때문이다. 우리 모두가 인생이라는 링 위에서 각자 치열하게 싸우고 있을 뿐이다. 모두에게 각자 견뎌내야 하는 삶의 무게가 존재한다는 사실과, 누구의 삶이 더 힘들거나 덜 힘든 게 아니라는 것을 인정하며 살아가야 한다.

:

싸이월드에서
촌스러운 과거 사진을
발견한 날

언제부턴가 생년월일을 적는 빈칸 앞에서 순간 멈칫하곤
한다. '80****'으로 시작하는 주민등록번호를 적을 때는 큰
동요가 없다. 하지만 그 옆에 나이 '40세'를 적을 때면 왜 갑
자기 만 나이인 '39세'를 적고 싶어지는지! 평소 잊고 살았
던 진짜 나이를 절감하는 순간이다.

이 나라에선 누군가 나이를 묻는 일이나 나이를 적어야 하
는 일을 생각보다 자주 겪게 되는데, 그래서 평소에는 망각
하고 있던 현실을 자주 깨닫게 된다. 실제 나이가 체감 나이
보다 훨씬 많다는 사실을 말이다.

그래도 현실에서 나이를 잠시 잊게 되는 순간들이 있다.

아주 오랫동안 봐온 사람들과 만나고 대화하는 경우다. 고등학교 때부터 친하게 지낸 20년 지기 친구들을 만나면 우리끼리 종종 이런 말을 주고받는다.

"우린 그래도 또래보다 한두 살은 어려 보여!"

"맞아, 우리가 동안이라니까."

"(옆 테이블의 처자들을 보며) 저기, 쟤들보다 우리가 훨씬 낫지?"

"어우, 야~ 당근이지!"

"하하하, 호호호, 깔깔깔!"

남들이 들을까 봐 무서운 얘기지만, 우리는 실제로 이렇게 철석같이 믿고 있었다. 그런데 얼마 전 이게 우리만의 착각이라는 것을 여실히 알게 된 사건이 생겼다. 2000년대에 대유행했던 한 SNS 때문이었다.

일명 추억 저장고라 불리는 '싸이월드'. 싸이월드는 다른 SNS에 밀려 최근까지 겨우 명맥을 유지하다가 결국 폐쇄 위기를 맞았다. 싸이월드가 사라진다는 건, 그 당시의 추억이 모두 사라진다는 뜻이다. 잊고 살았던 싸이월드의 존재가 아런해짐과 동시에 소중해졌다. 몇 년째 로그인도 하지 않아서 잊어버린 비밀번호를 찾느라 한차례 애를 먹었다. 그렇게 겨우 싸이월드에 접속했는데…….

'끄억, 이게 뭐야!' 그곳엔 경악을 금치 못하게 만드는 몹쓸 사진들이 그대로 남아 있었다. 나는 그것들을 곧바로 단체 대화방에 유포하기 시작했다. 성형도 안 했건만 어쩜 지금이랑 이렇게 딴판일까? 옛날 사진임을 감안해도 심하게 촌스럽다. 흑역사가 따로 없다. 포토샵으로 뽀얗게 처리한 과거 사진은 흑역사임이 분명했다.

사진들을 보면서 이러쿵저러쿵 한바탕 지적질이 오간 후, 대화의 주제는 '우리의 젊은 날'로 바뀌었다. 돌아가지 못하는 그때 그 시절에 대한 향수, 그리움에 관한 것들, 그리고 그 나이에만 볼 수 있는 앳됨에 관한 것들.

흔히들 하는 말처럼 젊음은 소유할 수 없기에 그토록 아름다운 것일까? 사진들 속엔 아직 터지지 않은 젊음의 열기가 막 봉우리를 틔우기 직전에 내는 잔향을 품고 있었다. 감추고 싶은 흑역사 속엔 아이러니하게도 지금은 사라진 그 시절의 분위기가 함축돼 있었다.

누가 봐도 사진 속 그녀들은 예뻤다. 사전적 의미로 예쁘

단 걸 떠나서 확실한 젊음의 기운이 있었다. 이제 막 핀 꽃이 가지는 생기와 저마다의 향기가 어려 있었다. 그래서 (지금보다) 확실히 예뻤다. 지금의 세련미와 원숙미는 없지만, 물기 어린 싱그러움이 있었고 (지금은 찾아볼 수 없는) 앳된 미소 속에서는 순수함도 보였다. "우린 지금이 '리즈(전성기 또는 황금기를 뜻하는 말)'야", "맞아, 우리의 미모는 남들보다 늦게 완성됐다고"라고 말해봐도 왠지 씁쓸한 마음은 감출 수가 없었다.

곧이어 대화방에 자기반성의 뜻을 담은 메시지들이 올라왔다. "지금이랑 같지 않아", "우리 저 때 참 어렸네, 예쁘다", "우리에게도 저런 시절이 있었구나".

과거의 사진들을 보고난 뒤에야 비로소 인정할 수 있었다. 우리는 그때와 똑같지 않고 많이 달라졌다는 사실을. 내가 말했다. "우리 이제 어디 가서 '하나도 안 변했어'라고 하지 말자. 이거 정말 주책이다." 친구들은 순순히 동의했다.

우린 변했고 전보다 나이를 먹었다. 결코 20·30대 같지 않다. 내가 느끼는 감정은 그때와 달라진 게 별로 없는데, 시간은 언제 이렇게 흘렀나. 신체연령 대비 정신연령을 감안하면 아직 다섯 살 정도는 어리게 느껴지는데 말이다.

앞으로도 나이를 적어야 하는 일은 많을 것이다. 그럴 때 실제 나이 말고 저마다 느끼는 체감 나이를 쓰면 좋겠다. 실제 나이와 체감 나이가 뒤섞이면 좀 더 재밌는 세상이 되지 않을까? 나이에 대한 장벽도 없어질 테고 말이다. 그리고 그 나이쯤으로 믿고 살면, 실제로도 더 젊게 살 수 있지 않을까 싶다.

만약 누군가가 '당신의 현재 체감(희망) 나이는 몇 살입니까?'라고 묻는다면 나는 이렇게 대답하겠다.

"음……, 서른두 살로 할게요!"

:

최소한
지금의 나잇값은 하는
사람이 되어야지

질량이 있는 모든 물체는 다른 물체를 끌어당기며, 그 힘
은 물체들의 질량의 곱에 비례하고 그 사이 거리의 제곱
에 반비례한다.

– 중력의 법칙

그렇다. 중력의 법칙은 항상 존재했다. 그동안 인지를 안
하고 살았을 뿐. 사실 중력은 공기처럼 매우 당연한 존재라
이를 인지하며 살아야 할 이유나 계기도 없었다. 그랬던 내
가 중력의 법칙을 의식하게 된 것은, 언제부턴가 팔뚝 살이
힘없이 늘어져 여름에 더 이상 민소매 티를 입지 못하게 됐

을 때다.

중력의 법칙에 따라 나이가 들면서 모든 살은 처지고 피부에 주름이 생기기 마련이다. 우리가 '노화'라 부르는 그것 역시 중력에 의해 몸에 나타나는 아주 자연스러운 현상이다. 사실 태어나는 순간부터 노화는 이미 시작되며, 누구나 노화를 겪기 때문에 '노화를 자연스럽게 받아들이자!' 하고 이성적으로 생각하려 애써본다. 그러나 외출을 하기 위해 화장을 곱게 하고 마지막으로 머리를 정리하다가 은백색의 반짝이는 불청객을 처음 발견했을 때의 당혹스러움, 나만 겪은 거 아니겠지? 아마 노화 진행기에 들어선 사람이라면 한 번쯤은 겪었을 것이다.

댄 벨스키 미국 듀크대 교수팀은 954명을 대상으로 12년간 추적조사를 진행한 끝에 노화는 26세부터 시작되며, 신체 나이가 38세에 이르렀을 때 가장 빠르게 진행된다는 사실을 발견하고 그 결과를 '미국 국립과학원회보_{PNAS}'에 발표했다.

(권예슬, 「헉! 신체 노화 26세부터 시작」, 동아사이언스, 2015)

이 기사를 보다가 무릎을 탁 쳤던 순간이 떠오른다. 나 역시 서른여덟 살 때 몸이 보내는 노화 신호를 자각했다. 당황스러웠지만 '이건 자연스러운 거다, 자연스러운 현상이다'를 되뇌이며 스스로를 토닥였던 기억이 있다. 나날이 삐죽 솟아나는 흰머리 앞에서 태연하고 싶지만, 사실 아직도 많이 당황하고 있다.

하지만 나이 앞에서 주눅 든 모습으로 살기는 싫다. 나이 따위가 뭐라고, 노화 따위가 뭐 대수라고……. 그래, 내 몸이 늙고 있음을 인정하자. 소위 말하는 '나잇값'이 몸뿐만 아니라 마음에도 필요해 보인다. 비록 몸은 노화되고 있을지언정 나잇값 못하는 마음으로 살긴 싫다. 몸에 나타나는 변화를 자연스러운 과정으로 받아들여야 한다.

이제 나는 알고 있다. '어려 보이는 것'과 '실제로 어린 것'의 큰 차이와, 아무리 관리를 잘해도 관리되지 않는 것도 있다는 사실을. 이를 인정하기까지는 저마다 얼마간의 시간이 필요할지도 모른다. 그리고 나는 여자들이 자신의 노화를 인지하고 제대로 인정하는 단계에서부터 '긍정적인 노화'가 시작된다고 생각한다. 누가 봐도 20대 같지 않은데, 20대나 30대처럼 보이고 싶어 안달하지 말자. 지금 이 순간에도 내 몸의 노화 시계는 착실하게 제 할 일을 하며 속도를 올리고 있다.

'노화의 열일'을 막을 수 없다면, 이왕이면 좀 더 멋지게 늙어갈 방법을 고민하는 게 낫지 않을까. 나의 늙음이 자연스럽게 이뤄지다가 어느 적당한 시기에 잘 완성될 수 있도록 지금부터 고민해야 할 일이다.

어떤 일이든 인정하기 시작하면 보이는 게 있다. 예전 같지 않은 체력과 외모는 자연스러운 현상의 증거이며, 이길 수 없는 젊음도 있지만 대신 이길 수 있는 늙음이 있다는 걸 이제 나는 안다.

뭐든 시원하게 인정하고 나면 다음 단계로 가는 일이 쉬워진다. 나는 젊은 친구들을 이길 나만의 무기를 가지고 있으며, 젊은 시절을 잘 살아내는 것만큼 잘 늙어가는 것도 매우 중요하다는 사실을 깨닫는 중이다. 그래서 잘 늙으려면 지금 내가 할 수 있는 게 무엇인지 한번 고민해봤다. 의외로 아주 간단한 것들이었다.

잘 늙기 위해 내가 할 수 있는 일

1. 더 이상 '어리지 않음'을 인정한다.

2. 나이를 먹을수록 따뜻한 사람이 되기를 희망한다.

3. 나이가 들어도 새로 시작하는 일을 두려워하지 않는다.

4. 건강한 몸과 마음을 유지하기 위해 노력한다.

5. 최소한 지금의 나잇값은 하면서 살아간다.

:

마흔이 되어도
흔들리는 게 정상이야

내 고민이 지구 전체를 통틀어 가장 크게 느껴졌던 10대,
심장이 한여름 태양처럼 끓어오르던 청춘의 정점 20대,
이제 뭘 좀 안다 싶어서 '뭘 좀 해볼까' 했더니 훌쩍 지나
가버린 30대.

어찌 됐든 나에게는 가장 특별했었던 10·20·30대를 무사
통과해 나는 지금 이 자리에 있다. 이제 막 청춘의 표상을 건
너온 느낌이다.

자, 그럼 40대의 시작은 어떤가? 사회가 정해 놓은 중년의
기준점인 40대에 이제 막 발을 담갔을 뿐이라서 도통 모르

겠다. 이게 차가운 건지, 뜨거운 건지 아니면 이쪽이 길인지, 저쪽이 길인지……. 마흔 정도면 적어도 뜨겁고 차가운 것쯤은 구분하는 어른이 되어 있을 줄 알았는데, 그냥 여전히 다 모르겠다는 게 지금의 솔직한 심정이다. 참 난감하다.

마흔은 30대와는 좀 다를 줄 알았지만 전혀 아니었다. 하지만 생각해보면 10대에서 20대가 될 때도, 또 30대가 될 때도 그 무엇 하나 드라마틱한 반전은 없었다. 매번 새로 주어지는 인생의 과제 앞에서 늘 치열하게 고민하느라 괴로웠으며, 그럼에도 불구하고 큰 반전 없이 그 시절을 보낼 수밖에 없었다.

그렇다면 40대 역시 마찬가지인 것이 당연하다. 솔직히 이제 인생의 반전 따위는 기대하지 않는 무감각한 어른인 채로 40대를 맞이했다. 30대엔 철없이 우겨보기도 했다. 아직 결혼하지 않았으니 완전한 어른은 아니라고, 아직 철이 좀 없어도 된다고. 그러나 나는 마흔이 되었고, 이젠 결혼이고 뭐고 다른 핑계를 댈 여지없이 그냥 '빼박 어른'인 느낌이다.

하지만 어른이 되어도 하루하루를 살아내는 것은 여전히 쉽지 않다. 매번 흔들리고 가야 할 길을 몰라 헤맨다. 반복되는 실패 앞에서 좌절하고 새로운 경험 앞에서 당황한다. 의

연함은 도통 찾아볼 수 없고 허둥지둥하다 자책할 때가 많다. 무엇보다 가보지 않은 미래가 너무 불안하다. 20·30대엔 미래에 대한 막연한 희망이 있었던 것도 같은데, 하루하루 땜질하고 버티면서 40대를 맞고 보니 미래는 더욱 불안하고 실체 없는 현실이었다.

심한 바람에도(실직, 노화, 이혼, 건강 등) 작은 바람에도(일상의 크고 작은 감정 변화) 흔들릴 수밖에 없는 나이, 마흔

오늘도 나는 흔들린다. 아마 내일도 모레도 계속 흔들리겠지. 흔들리고 흔들리다 '이게 40대인가?' 싶으면 50대로 진입하고 있을 것 같다.

누구나 같은 속도로 살 수 없고, 처한 환경이나 여건도 모두 다르다. 한 사람의 생애에는 수많은 인간관계도 복잡하게 얽혀 있다. 인생은 계획대로 되는 일보다 계획되지 않은 변수들로 가득 채워진다. 그렇다면 우리는 예기치 못한 사건이나 변수들 앞에서 길을 잃은 듯한 기분을 매일 느끼면서 살아가는 걸까?

괜찮다고 하면서도 불안하고, 불안하면서도 괜찮은 것 같

은 나는 지금 딱 처음 와보는 동네에서 스마트폰의 지도 앱 없이 길을 찾는 기분이다. 내가 매일 느끼는 불안이 미래를 대비하는 데 조금이라도 도움이 될까? 나는 무얼 할 수 있을까? 생각은 고민이 되고, 나는 그저 키보드를 두드릴 뿐이다.

현재의 이 불안을 기록하는 일. 나를 자책하면서 또 토닥이면서 일상의 답을 찾아가다 보면, 어느 날에는 조금 알게 되지 않을까. 딱 맞는 정답은 아니어도 내게 맞는 해답을 찾는 날도 오지 않을까. 행여나 답을 찾지 못해도 그 과정에서 뭐라도 발견하는 날이 올 것이다.

그래서 그 어느 때보다도 불안정한 40대의 나를 찾아가는 여정을 솔직하게 써보려 한다. 사소한 감정도 무시하지 않고, 빨리 따라오라고 채근하지도 않으면서 매일의 감정과 별것 아닌 일상을 기록하고 싶다. 지난 어제와 오늘, 미래의 내가 하루하루 조금이라도 나아질 거라고 믿으면서.

어쩌면 사춘기보다 혹독할지도 모를 사십춘기를 지나는 과정을 기록해보기로 한다. 자, 지금부터가 시작이다!

:

진 심 만 큼
강 력 한 위 로 는 없 다

2019년, 일과 사랑 둘 다에게 배신을 당했다. 지난 16년은 거의 프리랜서로 일했지만, 2019년에는 '오래 일할 수 있을 것 같은 직장'처럼 보인 홈쇼핑 회사에 들어가게 됐고 앞으로 좀 더 안정적인 환경에서 일할 줄 알았다.

하지만 줄곧 프리랜서였던 내게 직장 생활이 녹록지는 않았다. 직장 생활은 내 일만 제대로 하면 되는 프리랜서 생활과 많이 달랐다. 업무 능력과 별개로 신경 써야 할 일이 천지였고, 일을 잘한다는 개념도 굉장히 달랐다. 그쪽에서 일을 잘하는 사람이란 윗사람이나 쇼호스트, 협력사 직원에게 '싹싹하게' 대하는 사람을 의미했다.

방송 쪽에서 작가와 피디는 협업을 하는 파트너의 개념이 강하며 각자의 영역을 존중한다. 하지만 홈쇼핑에서 작가의 역할은 달랐다. 방송 작가가 아이템을 선정해서 섭외를 하고 대본을 쓰는 게 주 업무였다면, 홈쇼핑에서는 대본보다 상품 노출에 효과적인 자막이나 짧은 프로모션 영상을 만드는 게 더 중요했다.

게다가 프리랜서의 개념 자체도 완전히 달랐다. 방송에서는 모든 작가가 프리랜서이기에 그 자체로 인정을 받지만, 홈쇼핑에서 프리랜서는 비정규직의 개념이 강했다. 그곳에서 프리랜서는 계약이 끝나면 언제든 떠날 수 있는 사람, 혹은 자신들처럼 정직원이 아닌 사람으로 구분됐다. 보이지 않는 곳에서 비정규직을 무시하는 일들이 많이 벌어졌다. 그런 일은 '갑질'의 형태로도 나타났고, 요즘 직장 트렌드라는 그 갑질을 어이없게 나도 당했다. 결론부터 말하자면 일방적인 계약 해지 통보를 받았다. 부당함을 느끼고 호소할수록 늪에 빠지는 기분이 들었다. 비정규직 프리랜서의 계약쯤은 맘대로 주무를 수 있는 게 조직이었고, 나는 더러운 곳에 발을 깊이 담그기 싫어 더 이상의 항변도 하지 않았다. 일단 패배했다는 기분이 들었다.

사랑은 더 심했다. 처음부터 오래 할 연애라든가, 안정적인 연애를 기대한 건 아니었지만, 오랜만에 서로가 진심이라고 생각한 사랑이 시작되었다. 이번엔 다르다고 생각한 그런 연애. 연애 좀 해본 사람이라면 알겠지만 이런 사랑은 인생에서 쉽게 오지 않는다.

하지만 일과 마찬가지로 사랑하는 사람에게서 일방적인 '해지 통보'를 받았다. 두 개의 사건은 고작 일주일의 간격을 두고 차례로 나를 강타했고, 나는 거의 정신이 나간 채로 겨우 하루하루를 버텼다. 완벽한 2차 패배였다.

'어차피 인생에서 나쁜 일은 겹쳐 오기 마련이잖아……' 이런 일들이 한꺼번에 오는 게 원래 '인생의 룰'이라고 생각하려 애썼지만 힘에 부쳤다. 숨을 쉬기가 힘들어서 나도 모르게 의무적으로 숨을 쉬기 위해 한숨을 계속 내뱉는 날들이 이어졌다. 주변 사람들의 수많은 위로는 무척이나 고마웠지만 가슴에 와닿질 않았다. 그래도 다행인 점은 내가 나의 힘듦을 주변에 계속해서 말하고 있다는 거였다. '요즘 너무 힘드니까 내 얘기 좀 들어줘, 나 좀 봐줘'라고.

이렇게 하는 게 도움이 되었는지, 어느 날부터 아주 조금씩 나아졌다. 그리고 어느 날엔가 어떤 말들이 내게로 와 말을 걸었다. 지금 생각해보면 그리 거창한 말이 아닌데 나는 그 말들로부터 힘을 얻었다.

episode #1

나   자꾸 이런 일이 생기니까 나를 돌아보게 되고 내가 잘못한 게 있나 생각하게 돼. 그러지 말아야지 하면서도 나도 모르게 자존감이 낮아지는 거 같아.

친구   (단호) 너는 아무 잘못도 없어. 그들이 다 이상한 거야. 그렇게 생각하지 마!

나   (먹먹) 그…… 그렇지?

episode #2

엄마   딸, 요즘 왜 그래? 일 때문에 많이 힘들어? 일은 또 할 수 있잖아.

나   일도 그런데 엄마, 내가 좋아하던 남자도 떠났어. 그냥 인생이 내 맘대로 안 돼서 너무 속상해.

엄마   우리 딸 괜찮아! 다시 시작하면 돼.

나   (또 먹먹) 그래……. 다시 시작하면 돼. 일도 사랑도.

'그래, 내가 아니라 그들이 잘못한 거야. 그리고 그까짓 일도, 사랑도 이제부터 다시 시작하면 돼.' 나를 살린 말은 거창한 것이 아니었다. 아주 흔하고 사소한 말 한마디였다. 하지만 이 말은 내가 다시 시작할 수 있다는 사소한 믿음을 갖게 해줬다. 말의 힘은 멋진 미사여구가 아니라 단순한 진심이었다.

이번 일을 통해 나는 또 한 번 뼈저리게 깨달았다. 진심을 담은 말 한마디는 누군가를 살릴 수 있다는 진실을. 그리고 나쁜 경험이 모두 나쁜 것도 아니다. 이 글을 쓰는 지금은 이렇게까지 생각할 수 있게 되었다.

:

사주나 타로를 보면
불안한 마음이
해소될까

사람들은 언제 사주나 신점을 보게 될까?

· 도무지 지금 상황이 나아질 기미가 보이지 않을 때.

· 대체 내 '운빨'은 언제쯤 좋아지는지 알고 싶을 때.

· 인간관계에 치이거나 괴로운 일을 당했을 때.

· 시험이나 중요한 일을 앞두고 있을 때.

· 결혼, 출산, 이사, 사업 등 인생의 어떤 지점 앞에서.

· 한 해가 끝나가거나 새해가 시작되려 할 때.

· 지금 상황보다 희망적인 메시지를 듣고 싶을 때, 지푸
  라기라도 잡는 심정으로.

· 답답한 속을 누군가한테 터놓고 싶을 때.

이렇게 쓰고 보니 우리는 살아가면서 매 순간이 궁금하고 모든 일이 다 중요한데, 미래는 알 수 없으니 불안한 것이다. 알 수 없다는 것만큼 불안한 게 또 있을까. 알 수 없는 사람의 마음과 미래 앞에서 여유 있는 사람이 얼마나 될까. 결국 사주나 신점을 보는 사람들의 심리는 '알 수 없음=괴로움=불안함=알고 싶음'이라는 명제에서 출발한다.

사주팔자, 인간의 운명을 알아보는 네 가지 요소와 그를 표현하는 여덟 글자. '사주'는 인간의 운명을 지탱하는 네 가지 기둥을 의미하는데, 태어난 연, 월, 일, 시를 말한다. '팔자'는 여덟 글자로, 앞서 말한 연월일시를 간지로 표현한 것이다. 즉 태어난 해와 날짜, 시간에 따라 타고난 운명을 해석하는 게 사주를 본다는 의미다. 이게 맞다면 정해진 운명도 타고난다는 것인데, 과연 사실일까?

나는 서른다섯 살에 처음으로 사주를 보게 됐다. 하는 일마다 잘 안 되고 자꾸 꼬여서 한탄이 많아지고 복장이 터지려고 할 때쯤, 친한 친구가 한 철학관을 소개해줬다. 어릴 때부터 교회에 다녔기 때문에 누가 사주를 보러 가자고 하면 단호하게 "사주 같은 건 안 봐"라고 말했던 나였다.

그런데 괴로운 일이 계속되다 보니, 강건했던 마음도 약해지고 자꾸 다른 사람의 말에 의지하며 뭐라도 더 알고 싶었다. 이때쯤 운명은 이미 정해져 있다는 그 사주팔자라는 게 궁금해졌던 것 같다. 고난의 시간은 언제 끝나려나 싶고, 운명이 진짜 있는지 궁금해서.

처음 간 철학관의 역술가는 꽤 유명한 사람이라고 했는데 내 경우엔 그저 그랬다. 나는 떨리는 마음으로 생년월일시를 말했고, 그는 알 수 없는 한자로 뭔가 풀어쓰더니 아주 간단하게 사주풀이를 해줬다. 한 20여 분 정도 설명을 해준 것 같은데 복채는 무려 5만 원이었다. 아, 뭔가 찜찜했다. 나는 궁금한 게 아주 많았는데 제대로 풀어주지도 않고 본인이 할 말만 다다다 쏟아내던 역술가. 어리바리한 나는 어버버 하다가 뭘 더 묻지도 못하고 그냥 철학관을 나오고 말았다.

그 뒤로 두 번 정도 더 사주를 봤다. 2017년과 2018년이었다. 그곳은 사주를 보면서 서로 질문하고 대답하는 게 자연스러웠다. 마치 인생 선배한테 상담을 받는 것처럼. 애석하게도 그 해의 사주에선 좋은 풀이가 나오지는 않았다. 딱히 좋은 결과가 아니었는데도 다 보고 나왔을 때 뭔가 후련한 느낌이 들었다. 친한 친구나 가족한테도 말하지 못한 고민을 생전 처음 보는 사람한테 다 쏟아내고 느낀 속 시원함, 그리고 사주가 아주 나쁘지도 좋지도 않다는 역술가의 풀이가 마치 '이것이 인생이다'라는 말로 들렸다. 그래서 지금 바닥을 쳤으니 이제 서서히 올라갈 때도 되었겠지, 10년마다 바뀐다는 대운의 기복처럼 힘든 날이 지나면 좋은 날도 오겠지 싶은 막연한 기대와 희망이 생겼던 것 같다.

그렇게 생각하면서 나만의 길을 뚜벅뚜벅 가면 되는데, 문제는 그게 생각처럼 안 됐다. 나는 안 좋은 일이 생길 때마다 자꾸 다음의 사주팔자가 궁금해졌다. 인터넷으로 오늘의 운세나 타로 따위를 들여다봤다. 우연히 지금 상황과 비슷한 내용이 풀이 결과에 나오거나, 용하다는 역술가의 말이 실제로 이뤄지자 증세는 더욱 심해졌다.

머지않아 사주를 맹신하는 나를 발견하게 되었다. 인생의 길흉화복이 담겨 있다는 사주를 '가이드' 정도로만 삼으면 괜찮은데 의지하면서부터 부작용은 커졌다. 알 수 없는 미래를 알려고 들고, 나쁜 결과가 나오면 어쩌나 초조해하면서 불안 심리만 더욱 증폭됐다. 나는 의지가 강한 사람이라고 줄곧 자부해왔는데, 이건 뭐 의지박약 수준이다. 뭔가에 많이 의지한다는 것은 그만큼 나한테 자신이 없다는 뜻이므로 결국 스스로 해결할 수 있는 일도 하지 못하게 된다.

이런 경험이 비단 나에게만 있을까. 누구나 한 번쯤 사주나 오늘의 운세, 타로 정도는 본 적이 있을 것이고, 나와 유사한 경험을 한 사람도 많을 것이다. 이런 일들을 볼 때마다 인간은 참으로 약하고 아픈 마음을 가진 존재가 아닌가 하는 생각이 든다.

사람마다 아픈 부위는 달라도 누구나 아픈 것은 똑같다. 고통의 정도나 크기는 다를 수 있지만, 어느 한 곳 아프지 않은 사람이 과연 있을까? 때론 고통을 무작정 참아 보기도 하고, 남에게 들키기 싫어 괜찮은 척 속이기도 하고, 결국엔 그 아픔을 극복하면서 사는 동안 고통의 크기를 줄이기 위해 노력하는 우리들. 아픈 마음을 끌어안고 사는 방법은 제각각이겠지만, 우리 모두 아픔이 어서 빨리 지나가기를, 아픔 없이 살아갈 수 있기를 바란다.

그리고 이제 인생의 사십춘기, 한없이 흔들리고 휩쓸렸던 마흔 살을 거의 마무리하고 있는 시점에서 나는 나 자신에게 다짐하려 한다. 이제 사주 따윈 끊고 나 자신을 좀 더 믿어보자고. 내가 설계한 대로 당당하게 나아가 보자고. 그러다 보면 롤러코스터 같은 인생의 어느 지점에선 극적인 순간도, 행복한 순간도, 무아지경의 카타르시스도 느끼며 살 수 있지 않을까. 인생 그래프가 언제나 상향 곡선일 수만은 없다는 것도 잊지 않을 것이다. 지금 하향 곡선을 타고 있다면, 언젠가는 올라갈 수 있다는 것도 말이다.

:

나 이 들 어 서
더 좋 은 것 들

　10년 전엔 감히 상상도 하지 못했다. 고작 이 월급에 피디
랑 아웅다웅하며 말도 안 되는 여건 속에서 여전히 방송 일
을 하고 있을 줄은. 한때 소울메이트였던 친구의 결혼식도
못 가고 그대로 소원해질 줄은. 결혼하지 않은 프리랜서는
은행에서 대출을 받기도 어렵고(배우자의 신용이나 직장 의료
보험 없이는 전세자금 대출을 받기도 매우 어렵다) 결국 대출도 다
능력이라는 사실을. 그래서 처음 독립했던 8년 전과 똑같이
8평 오피스텔에서 월세로 살고 있을 줄은.
　건강에 자신 없어지는 날이 이렇게 빨리 올 줄도 몰랐다.
실비보험에 늦게 가입한 것도 후회했고, 만약을 대비하는 보

험에 더 일찍 관심을 가져야 했다는 것도 몰랐다.

밖에 나돌아다니고 사람 만나는 걸 좋아하던 내가 이제 약속을 가리고 혼자 있는 시간을 더 찾게 될 줄 누가 알았겠나. 심지어 밖에서 술 마시면서 노는 일이 싫어지는 날도 오더라. 게다가 30대의 연애가 세상에서 제일 어렵다는 것도 알게 됐다. 또한 일로 만난 사이는 아무리 좋아도 일로 만난 사이일 뿐이었다.

이밖에도 모든 일엔 다 때가 있으므로 그때 그걸 하고 그때 더 놀았어야 했다는 걸 느꼈다. 무엇보다 내가 이렇게 하루하루 내일을 걱정하며 사는 마흔이 될 줄은, 그땐 정말 몰랐다.

그래도 괜찮다. 엄청 별로일 것 같은데 사실 꼭 그렇지만은 않다. 객관적으로 보면 좋은 상황만은 아닌데, 또 그렇게 나쁘지는 않다고 위로할 수 있는 내성이 생긴 걸까? 이런 걸 두고 '나이 들어 좋은 점'이라고 말할 수 있을까?

일하면서 맞닥뜨리는 분노에 가까운 상황, 예전보다 훨씬 잘 알게 된 인간관계의 비열함, 아무리 좋은 친구라도 가족과 같을 수 없다는 진실, 내 인내심은 '간장 종지'만 하고 나는 여전히 제멋대로의 인간이라는 사실, 모든 인간이 다 나

뻴 수도 좋을 수도 없지만 점점 '성악설'을 믿는 어른이 되어 가는 중인, 그리고 지난 40년을 되짚어보니 앞으로의 40년도 큰 반전 없이 끝날 수 있다는 사실을 알게 되었지만, 그래도 나는 지금이 그냥 괜찮다.

이제까지 용쓰고 버텨왔다면 이제는 용쓰며 버티지 않아도 된다는 것을 알고, 열심히 사는 게 꼭 정답이 아니며, 그저 자신의 인생을 살면 된다는 걸 알게 됐으니 말이다. 그리고 중요한 사실이 하나 더 있다. 나이 마흔은 결코 쉽게 되는 게 아니라는 점이다. 지금은 마흔까지 오느라 고생한 자신에게 셀프 칭찬을 해줘도 좋은 시점이라고 생각한다.

소중한 시간과 돈을 투자해서 좌절하고 아파하며 대가 없이 얻지 못할 뼈저린 경험을 통해 깨닫게 되었지만, 마흔쯤 되면 알게 되는 게 있다. 야속한 세월은 속절없이 지나가도 시간이 가르쳐준 것들이 남았다. 이런 면에서 보면 인생은 어느 정도 공평하다.

그리고 나는 인생의 중반을 눈앞에 둔 지금과 앞으로가 진짜 '본게임'이라는 생각이 든다. 마흔 전까지는 테스트 단계도 있었고 기본을 거친 중간 정도의 단계였는데, 이제부터는 난이도가 더 오를지도 모른다. 하지만 그동안 경험치가 많이 쌓였고, 나만의 무기도 쟁여 놨으니 이것들을 잘 살려 앞으로의 게임을 좀 더 즐겁게 해나갈 수 있을 것 같다. 다가올 나날들이 이왕이면 재밌기를, 그리고 이전보다 덜 서툴고 덜 아프게 지나가기를 조용하게나마 기도해본다.

:

방 향 만
잘 잡고 있 다 면
조 금 늦 어 도 괜찮아

마흔이 되어도 천지개벽은 일어나지 않았다. 대신 현실 직
시를 하게 되면서 인생개벽이 필요하다는 생각이 강하게 들
기 시작했다.

100세 시대라고는 하지만 진짜 100세까지 살고픈 마음은
들지 않는다. 앞으로의 기대 수명을 (내 맘대로) 80세 정도라
고 봤을 때, 지금은 생애 주기의 절반 지점에 와 있다고 봐도
무방하겠다. 인생을 절반쯤 살고 보니 여태껏 어려운 일도
많았고 해결 안 되는 과제도 있었지만, 그래도 잘 버텨왔고
이만하면 나름 무탈한 인생이라는 생각도 든다.

지난 40년의 세월을 되돌아보며 혼자 조용히 인생 리뷰를

해보니 인생 전반기의 절반은 나의 의지로 시작된 일보다 그렇지 않은 일이 더 많았다. 어린 시절과 학창 시절엔 주어진 여건에 순응하며 평범하게 자랐기 때문이다. 반대로 스무 살 이후의 삶, 그러니까 인생 전반기의 나머지 20년은 어느 정도 의지가 발현된 시기라고 생각한다. 나대로 인생을 개척하면서 좀 더 발전적인 방향으로 나아가기 위해 노력했고, 그렇게 해서 이뤄낸 것들도 있었다.

그렇다면 이제 시작된 마흔 이후의 삶, 인생의 중·후반기는 어떨까? 역시 20여 년 정도는 나름의 의지로 여러 가지를 시도할 것 같고, 나머지 20년은 주어진 여건에 순응하며 자연스럽게 흘러가는 삶을 살게 되지 않을까. 그렇게만 된다면 나쁘지 않을 것 같다.

속도보다 방향이라는 말이 좋다. 방향만 잘 잡고 있다면 좀 늦더라도 목적지에 도달할 수 있다는 뜻이자, 빨리 가는 것보다 제대로 된 길을 가는 게 더 중요하다는 이 말은 나의 인생 모토와도 비슷하다. 하지만 아무것도 정해지지 않은 상황에서 방향을 정하는 게 쉽지는 않다. 이 방향은 틀렸고 저 방향이 맞다고 다른 길을 제시하는 이들을 만나면 더욱 그렇다. 그럴 때면 자신의 뚝심을 지키기가 어려워진다.

나는 어릴 때부터 개인적인 공간을 소중하게 여겼고, 글을 쓰는 일에 관심이 많았다. 그래서 대학을 졸업하고 진로를 정할 때 방송 작가를 마음에 품었고, 15년 후에는 동화 작가를 넘봤다. 별다른 이유는 없었다. 내가 가고자 하는 방향이 그쪽이었을 뿐. 주변에선 걱정이 많았다. 방송 작가는 아무나 하는 게 아니며 힘든 직업이라고 했지만, 그래도 나는 밤마다 혼자 글을 쓰며 막연한 꿈을 키워갔다. 당시로서는 허황된 꿈에 불과했던 방송 작가가 되기 위해 열심히 스터디를 하고 프로그램을 모니터했다. 케이블부터 지상파까지 채널을 가리지 않고 지원하며 결코 오지 않을 것 같은 기회가 나에게도 오기를 간절히 바랐다.

동화 작가 역시 마찬가지였다. 어떤 이들은 내 감성이 동화와는 거리가 멀다고, 드라마나 에세이를 써보는 게 낫지 않겠느냐고 했다. 동화 작가로 등단해도 돈벌이가 녹록지 못하다며 현실적인 조언도 서슴지 않았다. 그래도 나는 동화 작가에 도전하고 싶었기 때문에 조용히 동화 공부와 습작을 시작했다. 결론적으로 나는 방송 작가와 동화 작가의 꿈을 이루었다. 내가 원하는 시기에 딱 맞게 방송 작가가 되고 동화 작가가 된 건 아니었고, 그 길이 꽃길만은 아니었다. 하지만 누가 시켜서 한 게 아닌 오로지 나의 의지에 따른 결과였다. 누군가를 향한 원망이나 후회는 없었다.

이 경험 속에서 나는 알게 됐다. 어디로 가야 할지 방향만 잘 잡고 있다면, 조금 늦더라도 목적지에 도착할 수 있다는 사실을. 그래서 속도가 아닌 방향이 더 중요하다는 것을.

이제 앞으로 남은 수십 년의 시간은 어떻게 써야 잘 살 수 있을까? 앞으로 '뭘 해 먹으면서, 누구와 살게 될까'가 요즘 나의 가장 큰 고민이다. 막연하게 마흔 정도 되면 개인적으로나 사회적으로나 어느 정도 자리를 잡을 줄 알았는데, 큰 착각이었다. 인생은 그리 호락호락하지 않았다. 불시에 예상치 못한 문제들이 튀어나왔고, 성공을 위한 노력은 수포가 되었다. 믿었던 사람이 한순간에 얼굴을 바꿔 다른 편에 섰고, 누구보다 열심히 일했지만 정당한 대가는커녕 돈을 떼이고 모욕을 당하는 일도 겪었다. 사랑하는 이들과 크고 작은 이별을 했고, 얽히고설킨 인간관계 속에서 수도 없는 배신과 오해를 봤다.

열심히 한다고 했는데 지난날을 후회하고, 후회하지 않겠다고 다짐하면서 우물쭈물하는 사이 시간은 빠르게 흘러 숫자일 뿐이라는 나이, 마흔을 찍었다.

괜히 조급하고, 불안하고, 뭔가 다른 계획이 필요할 것만 같다. 지금까지 목적지로 가기 위해 달려왔는데, 힘들게 도착한 목적지에 내가 원하는 것이 다 있지 않다는 사실을 깨달아버렸다. 이 목적지가 끝인 줄 알았는데, 여기보다 더 멀고 험난한 곳으로 가야 한다는 걸 알아버렸다. '그럼 앞으로는 이것보다 더 힘들다는 거야?' 맥이 빠졌다. 혹시 방향이 잘못된 게 아니었을까 하고 자책감과 상실감이 밀려왔다. 이럴 때는 '그동안 잘 견뎠다', '고생했다, 이만하면 잘 버텼다', '나는 나를 칭찬할 권리가 있다', '다들 이렇게 산다'라는 위로도 별 소용이 없다.

이대로 다시 달리기 시작한다면 조만간 장애물에 부딪히거나 다리에 힘이 풀려 넘어질 것 같다. 지금 내게는 숨을 고르고 재정비할 시간이 필요하다.

나는 다시 한 번 두 눈을 크게 뜨고 두 다리에 힘을 빡 주고 일어서기로 결심했다. 지금 중심을 잡지 않고 방향을 살피지 않으면 아무 데로나 흘러가버릴 것 같아 두려우니까. 나는 아무나가 아니고 아무 데로나 가기 싫으니까.

도무지 이 끝에 뭐가 있을지 가늠이 안 되는 건 스무 살 때

나 20년이 지난 지금이나 마찬가지다. 이 고비 너머에 또 무슨 고비가 올지 알 수 없지만, 그래도 내가 갈 수 있는 길을 가늠해보고 서두르지 않으며 앞으로 나아갈 속도와 방향을 정해야겠다. 그런 의미에서 보면 지금이 참 중요한 시기라는 생각이 든다.

요즘 내 인생의 어떤 선택 앞에서 사람들이 의아한 듯 묻는다.

"지금 가진 걸 다 포기할 수 있겠어?"
"여기 있는 걸 왜 포기해?"
"다 포기할 만큼 괜찮은 거야?"

이런 질문을 받을 때, 왜 그것들이 '포기'라는 단어로 묶이는지 되레 의아했다. 나는 그것들을 포기하는 게 아니라 나의 의지로 선택하는 것이고, 선택에 집중할 것이다. 선택을 믿고 앞으로 나아갈 것이다. 그렇게 인생의 최종 목표인 '조금이라도 더 행복해지는 삶'으로 나아간다면, 내가 딱 원하는 때는 아니어도 인생 후반부의 어느 지점에선 '그래도 내가 원하는 곳에 어쨌든 오긴 왔어'라고 말하게 되리라.

어떤 일을 할 땐 반드시 기회비용이 존재한다. 누군가는 다른 것을 선택하면서 포기하는 걸 더 크게 여기는가 하면, 누군가는 그 대신 얻는 이익을 더 크게 생각한다. 나는 후자를 택했다. 그리고 무언가를 택할 권리는 당연히 자신에게 있다.

이렇게 써 놓고 보니 지금 내게 인생개벽보다 절실한 건, 나를 믿는 것, 나의 선택을 다시 한 번 믿어보는 거였다.

Part 2

:

나이 들어도

멜로가

체질이라서

：

결혼이 급할수록
반드시
느긋하고 차분할 것

대체 '결혼 적령기'라는 말은 누가 만들었을까? 왜 사회가 개인이 결혼할 시기를 미리 규정해 놔서 여자들은 20대 중후반부터 "좋은 사람 만나 시집가야지"라는 말을 들어야 하는지 모르겠다. 아무리 시대가 변하고, 1인 가구가 늘어나고, 비혼주의자가 많은 세상이라고 해도 아직도 우리 사회는 '결혼한 사람'을 보통의 기준으로 본다. 결혼의 문턱을 넘지 못한 여자의 경우, 여기저기에서 조언을 빙자한 오지랖과 간섭을 받을 때가 많다. 그건 30대가 되고 중반을 넘어서면 더 심해진다.

사회의 뿌리 깊은 통념과 관습은 오랜 세월 동안 우리를 학습시키고 세뇌했다. 그래서 '어느 정도 나이가 되면 당연히 결혼하고 아이를 낳아야지'라고 생각하게끔 만든 건 아닐까. 요즘은 결혼도 아이도 선택이라고 하지만, 여전히 비혼이나 딩크족이 일반적인 라이프 스타일은 아니니까. 아무튼 나이 많고 결혼 못 한 게 잘못도 아닌데 왜 미혼의 남녀들은 죄인이 되어야 하는지 모르겠다.

이런저런 이유로 사회에서 정한 결혼 적령기를 넘긴 여자는 자주 불안해진다. 결혼율과 출산율이 갈수록 줄어드는 데 비해, 주변의 친구들은 다들 언제 연애를 했는지 봄가을이 되면 꾸준히 결혼 소식을 알리고 1, 2년 후엔 아이도 낳는다. 결혼식과 돌잔치를 줄기차게 오가다 보면 남의 인생에 들러리로만 서는 것 같은 쓸쓸함도 느낀다. 물론 축하하지만 말이다. 나는 여전히 같은 자리에 멈춰서 앞으로 나아가지 못하고 있는데, 남들은 세상을 넓혀가며 나와 다른 방향으로 쭉쭉 나아간다. 어쩔 수 없이 남보다 뒤처지는 기분이 든다.

이런 경험이 쌓이면 연애에도 악수를 두는 경우가 많아진다. 세월은 점점 흘러가고 나이도 자꾸 먹으니 남자를 만날 때 말 그대로 '그냥' 만날 수가 없다. 진짜 연애가 시작되기도 전에 결혼할 상대와 아닌 상대를 구분하고, 연애를 연애 자

체로 즐기지 못한다. 하지만 연애에 당당하지 못할수록 연애
는 점점 난항에 빠진다.

　잘 아는 동생 하나는 서른셋의 나이를 넘기면서 한 달 안
에 상대와 계속 '고' 할지, '스톱' 할지를 정한다고 했다. 소개
팅해서 괜찮으면 한두 번 만나보다가 상대가 '결혼할 남자'
인지 아닌지를 판단해서 바로 결정한다고. 남자가 그리 나쁘
지 않아도 결혼할 생각이 아예 없어 보이거나, 빨리 결혼할
생각이 없어 보이면 곧장 그만둔다고 했다. 근데 나중에 생
각해보니, 그중에 괜찮은 사람도 있었던 것 같다고 후회했
다. 심지어 이젠 '결혼의 덫'에 걸려 연애 기피증이 생길 지
경이라고 했다. 감정 소모만 하다 끝나는 만남이 싫다는 것
이다.

　또 다른 친구는 오래 사귄 남자친구가 결혼 생각이 없어
서 많이 괴로워했다. 20대부터 해온 연애는 30대 중반까지
이어졌고, 주변에서는 다들 결혼하라고 하는데 남자는 결혼
에 대한 언급이 없었다. 친구는 결혼할 게 아니면 당장 헤어
지자고 초강수를 두라는 주변의 말에 흔들렸고, 자꾸 남자
의 눈치를 보게 됐다. 당연히 연애에서 주도권을 잃었다. 결

국 결혼은 했지만, 둘이 격하게 싸울 때면 남자는 하지 말아야 할 금기어를 꺼내 친구를 열 받게 한다. "네가 먼저 결혼하자고 했잖아."

다른 한 친구는 지금 만나는 사람이 결혼할 상대라는 생각에 더 큰 기대를 갖게 됐고, 싸울 때면 '결혼'을 들먹거렸다. 그럴수록 남자는 결혼에 회의적으로 반응했고, 나중에는 그 얘기만 나오면 슬금슬금 회피하다가 결혼을 미루자고 했다. 끝내 그는 결혼하자는 친구에게서 도망쳤다.

여자가 결혼에 매몰되기 시작하면 남자는 귀신같이 알아차린다. 칼자루가 자기에게 넘어왔다는 사실을. 그래서 나는 지인들에게 아무리 조급해도 남자에게 그 마음을 들키지 말라고 조언한다. 결혼할 상대한테도 밀고 당기기는 필요한 법이니까. 속내를 다 드러내고, 상대가 결정하기만 기다리는 여자에게 남자는 쉽게 방심한다. 아직 결혼한 것도 아닌데 그렇게 다 내려놓고 모든 것을 알려줄 필요가 있을까?

수많은 지인과 친구들을 보면 결혼 적령기의 늪에 빠져 불행한 선택을 하는 이들이 종종 있었다. 그리고 나 역시 결혼 앞에서 작아진 적이 있었다. 이 남자를 놓치면 정말 결혼하지 못할까 봐, 남들이 말하는 결혼 적령기와 가임기에서 멀어질까 봐, 이런 생각에 사로잡히면 세상은 그것을 중심으로 돌아간다. 결혼을 못 했다는 이유로 때로는 실패한 인생처럼 느껴지고, 마치 숙제를 끝내지 못한 학생처럼 내내 불안할 때도 있다.

그래도 우리는 정신줄을 단단히 잡고 다시 한 번 똑바로 일어서야 한다. 지금의 연애를 즐기고 사람을 볼 줄 알아야 한다. 상대와 나의 진짜 마음을 봐야 한다. 단순히 결혼이라는 제도 안으로 들어가고 싶은 건지, 아니면 정말 이 사람과 결혼을 하고 싶은 건지 잘 판단해야 한다. 결혼보다 중요한 것은 앞으로의 인생이다.

그래도 세상은 여전히 여자들을 채찍질한다. 눈을 낮춰야 사람을 만나고 결혼도 할 수 있다고 말한다. 이제는 정말 현실을 볼 때가 아니냐고, 네가 그럴 때가 아니라고. 하지만 포기하거나 여유를 잃는 순간 페이스는 지는 쪽으로 기운다.

지금까지 살아오면서 깨달은 불변의 진리가 하나 있다. 어떤 일에서든 조급하기 시작하면 지기 쉽다는 것이다. 연애와 결혼도 마찬가지다. 조급하면 지는 거다.

:

집 에 데 려 다 주 겠 다 는
남 자 들 의 속 마 음

서른셋, 야심 차게 부모님께 독립을 선언하고 역세권에 위치한 꽤 괜찮은 오피스텔 월세를 얻었다. 세가 비싸긴 했지만 오피스텔을 모델하우스처럼 깔끔하게 꾸며 놓고 혼자 사는 게 인생 로망 중 하나였다. 상상한 것과 거의 근접한 모양새로 독립의 첫 단추를 끼울 수 있었고 제법 만족스러웠다.

독립과 동시에 혼자만의 공간을 가지면서 많은 것을 누리게 됐다. 일단 시간의 자유가 생겼다. 자고 싶을 때 자고, 일어나고 싶을 때 일어나고, 들어오고 싶을 때 들어오는 노 터치, 노 간섭의 생활이 시작된 것이다. 다달이 나가는 월세와 관리비, 생활비까지 더해져 생활고는 더욱 심해졌지만, 나는 이것을 돈과 맞바꾼 자유라고 말하며 마음껏 그 시간과 공간을 누렸다.

혼자 사는 생활은 연애에도 약간의 자유를 가져다줬다. 일단 귀가 시간의 압박과 외박의 눈치에서 벗어날 수 있었기에 좀 더 자유로운 연애를 즐길 수 있었다. 그렇다고 늘 외박을 하고 늦게 귀가한 것은 절대 아니었다. 단지 부모님에게 해야 하는 연락 같은 게 좀 줄어들었고, 여행 계획을 잡는 데 부담이 줄어 편해졌다는 뜻이다.

그런데 남자는 여자의 자취를 본인들 기준으로 해석하는 경향이 있는 듯하다. 여자의 귀가 시간과 외박이 자유롭고 더군다나 집을 갖고 있으면, 남자에겐 오늘 밤을 같이 보낼 확률이 높은 여자로 인식되는 모양이다. 오죽하면 남자의 최고 이상형은 자취하는 여자라는 말이 있을까.

30대 여자에게 이런 현상은 더욱 심해진다. 나의 경험만 봐도 확실히 그랬다. 30대 초반에 독립해서 만난 지난 남자친구들도 내가 혼자 산다는 말을 하면 은근히 좋아했다. 사실 남자친구라면 이게 큰 문제가 되지는 않는다.

그런데 오늘 처음 본 남자, 소개팅해서 만난 남자, 썸 탄 지 얼마 안 된 남자, 같이 일하던 남자까지 집 앞에 데려다주면서 '혼자 사는 여자'에 대한 본인들의 로망을 실현하려는 게 문제였다. 집에 안전하게 데려다주고 싶은 단순한 호의에서 출발한 매너면 참으로 고맙겠으나, 대부분 다른 목적이 동반된다는 점에서 매우 별로였다. 그리고 그런 목적을 뜬금없이 발현한다는 점에선 더욱 그랬다.

나 "혼자 가도 전혀 안 무서워. 괜찮아, 나 혼자 갈게."
(혹은) "오늘 집까지 데려다줘서 고마워. 조심히 들어가고 다음에 보자."

이렇게 말했을 때 남자들은 오늘의 목적을 달성하지 못할 것 같아 마음이 급해지는지 '기승전집'으로 이어지는 말들을 쏟아낸다.

남자들 "목이 마른데 물만 마시고 갈게."
"화장실에 좀 가고 싶어서."
"잠깐 집 구경만 하고 가면 안 될까?"
"맥주 한잔 더 하면 안 될까? (싫다고 하면) 그럼 커피 한잔만 줘."

"지금 이대로 널 보낼 순 없어. 오늘 같이 있으면
안 돼?"

"(홈베이킹이 재미있다고 말한 걸 기억했다가) 너희 집에서
같이 빵을 만들어보고 싶어."

"(짐이 있었을 때) 집에 짐만 들어다주고 갈게."

이렇게 대부분 조건부로 'ㅇㅇ만 해주고 가겠다' 혹은 'ㅇ
ㅇ만 하고 간다' 등으로 포장하지만, 결국은 다 집에 들어가
고 싶다는 뜻이다. 여자가 거절했을 때 미안해하거나 민망해
하고 다음을 기약하면 그나마 괜찮다. 하지만 저렇게 말한
남자 중 대부분이 그날 밤 이후로 연락이 소홀해지거나 심지
어 잠수를 탔다. 꼭 그렇지 않았다고 해도 그 남자와 잘되지
는 않았다.

이렇게 생각하지 않으려 해도 결과를 보면 목적이 빤했던
게 확실하다. 그날 밤의 목적이 달성되지 않으면 그다음은
없는 걸까? 30대 남녀의 연애는 원래 이렇게 쉬운 걸까? 내
가 이상한 걸까? 등등 별의별 생각을 하며 이상한 남자들의
이상한 행동에 실망했던 적이 많았다.

심지어 "우리 둘 다 나이도 있는데……"라고 대놓고 말했

던 남자도 있었다. 우린 서로 나이가 있지만, 알게 된 지 얼마 되지 않았고, 서로에 대해 잘 모르니 천천히 알아가자고 말했더니 남자는 자기가 성급했다고 사과했다. 그러나 세 번째 만남에서도 내 집에 들어오지 못하자 그는 잠수를 탔다. 어이가 없었다. 진짜 나랑 뭐 하자는 거지? 세상에는 이런 놈들만 남아 있나, 혼자 사는 30대 여자는 호구인가, 내가 나를 지키지 않으면 누가 나를 지키나, 괴로워하며 여러 가지를 생각했던 날들이 있었다.

이런 흑역사와 연애도 뭣도 아닌 오징어 먹물 같은 시간을 보내면서 알게 되었다. 혼자 사는 30대 여자의 연애는 참 쉽지 않고, 나이가 있는 여자를 만나면 남자는 좀 더 노골적이며, 20대처럼 결론에 도달하기 위한 노력조차 없이 쉽게 목적을 이루려고 하고, 결코 매달리거나 정성을 들이는 법이 없다는 것을. 그리고 이런 남자들은 참 별로이며 절대 좋은 남자는 아니라는 사실도 말이다.

물론 30대 이후에 만났던 모든 남자가 이랬던 건 아니다. 집에 얌전히 데려다주고, 데이트의 정석을 밟는 남자도 분명 있었다. 그러나 이런 경험들을 많이 겪다 보니 나도 모르게 색안경을 끼게 되었는지 남자들의 말이 100퍼센트 순수하게 받아들여지지 않았다. 대체, 그들은 왜 나를 집에 데려다줬을까.

남자에게 말해주고 싶다. 그녀가 맘에 들고 그녀와 정말 잘해보고 싶다면, 여자를 아낀다면, 조금만 더 인내심을 가지라고. 20대이든 30대이든 40대이든, 나이가 무슨 소용일까. 여자와 남자가 만나 서로를 알아가는 일엔 어느 정도의 시간과 노력이 필요하다. 그렇게 날로 먹으려 하고 아무렇게나 말하고 배려하지 않으면, 여자는 현관문을 열기도 전에 마음의 문을 닫아버린다. 반대로 남자가 조금만 여유를 가지고 만남을 이어가려는 노력을 보여준다면, 맛있는 저녁 식사와 함께 머지않아 그 문은 열릴 것이다.

⋮

지금　결혼해도
노산이라는　말은
그저　오지랖일　뿐

"나는 괜찮은데, 아내가 힘들잖아."

　본인도 늙은 주제에 감히 이런 말을 내뱉는 무식한 남자를
보았다. 어떤 모임의 한 술자리에서였다.

　나는 그중에서 나이가 제일 많은 서른아홉 살의 여자였고,
대부분의 여자는 나보다 대여섯 살, 서너 살은 어렸다. 30대
남녀가 만나서 하는 대화 중에 가장 흔한 주제인 '좋은 사람
은 어디서 어떻게 만나나'와 같은 연애와 결혼에 대한 다양
한 이야기를 하던 중, 디자인 회사에 다닌다는 서른여덟 살
의 남자가 말했다.

"나이 들어서 결혼하면 애가 문제지, 남자는 괜찮은데 아내가 노산이면 엄청 힘들어한다고 하더라."

지금 내가 들은 말, 실화? 나이 든 여자와 결혼해도 남자인 나는 괜찮다, 그런데 아내가 아이를 낳을 때 힘들어서 곤란하다는 식으로 말하는 남자. 심지어 '현재 있지도 않은' 아내가 힘들까 봐 걱정이라는데, 이거 어디서 좋은 남편 코스프레야? 생각하는 수준 참 저급하다고 생각했다. 그래서 어린 여자가 좋다는 식으로 말하는 대목에선 성난 입술이 움찔거렸다. 그리고 화살이 내게로 돌아왔을 때, 참지 못하고 폭발했다.

"누나는 지금 결혼해도 노산이잖아, 빨리 시집가야지."

네가 뭔데 나의 결혼과 2세 계획에 대해 입을 놀리는 거지? 참으로 어이가 없었고 속된 말로 '빡'이 쳤다. 진심으로 나의 결혼과 출산을 걱정해서 하는 말이 아닌 건 분명하고, 술자리에서 돋보이고 싶어 아무 말이나 지껄이는 거 같은데, 지금 자기가 하는 말이 '아무 말'인지 모르고 내뱉고 있다.

저 남자 참 별로구나 싶었다.

"나이 들어 결혼하면 너는 괜찮은데 아내가 힘들까 봐 걱정이라고? 아내가 노산이면 너는 노산 아니야? 너 지금 서른여덟 살이잖아. 너 정자 수 많아? 정자 꼬리 건강한 거 확실해? 여자건 남자건 나이 들수록 생산 능력이 떨어지는 건 마찬가지거든? 제대로 알고 얘기하지?"
"남자보다 여자가 중요한 건 맞, 맞잖아."

여러 사람이 있는 자리에서 자기보다 한 살 많은 누나가 쏘아붙이니 당황스러웠는지 버벅거리는 남자. 그래도 꼬리를 내리지 않고 기어이 여자가 더 문제라는 식으로 한마디 한다.

"너 어디 가서 그런 말 하지 마라. 무식하단 얘기 들어. 그리고 내 출산은 내가 알아서 할게."

그러니 내가 한 번 더 쏘아붙일 수밖에. 누나라서 더는 뭐라 하지도 못하고 괜히 머쓱해진 남자가 할 말을 찾는 사이,

더 듣기도 싫어 대화를 대충 마무리해버렸다.

말 한 마디로 인성의 밑천을 그대로 드러낸 남자. 원래부터 거들먹거리는 타입이라 별로였는데 호감도가 마이너스로 뚝 떨어졌다. 본인이 하는 말이 '아무 말 대잔치'라는 것을 모르고 떠들어대고, 나를 비롯한 수많은 미혼 여성에게 아주 무례한 말을 하면서도 이를 인지하지 못하는 뇌조차도 저급한 남자.

하지만 이런 남자들이 우리 주변에 너무 많다는 게 애석한 현실이다. 저런 남자가 남자친구나 남편이 된다고 생각하면 소름이 끼친다. 말 한 마디조차 상대를 배려할 줄 모르고 나오는 대로 뱉는 남자가 과연 얼마나 좋은 사람일까? 제발 말하기 전에 한 번 더 생각해볼 수는 없을까? 본인의 말이 얼마나 속된 말인지, 상대에게 얼마나 불쾌감을 주는 언행인지를 말이다.

물론 어리고 예쁜 여자는 나도 좋다. 그리고 어리고 잘생긴 남자는 더 좋다. 단순한 개인의 취향을 비난할 생각은 없다. 문제는 거기에 왜 나이 든 여자를 비하하는 못된 생각을 담느냐는 거다. 그런 싸구려 생각은 비난받아 마땅하다.

:

연애는

왜 하면 할수록

더 어렵지?

"그냥 한 번 더 만나 보지!" 소개팅한 남자의 애프터를 정중하게 거절했다고 하자 친구들은 안타깝다는 듯이 말했다. 사람은 한 번만 봐서는 다 알 수 없으며, 적어도 세 번은 만나고 나서 판단해도 늦지 않다는 말이다. 거짓말 안 하고 태어나서 이 말을 100번 이상 들어본 것 같다.

"나도 다 알거든? 그래도 심장에 반응이 없는데 어떡해!" 괜히 큰소리쳤다. "얼굴이 밥 먹여줘?", "이 나이에 무슨 심장 '어택'이냐?" 등등 친구들은 더 큰 목소리로 공격했다. "쟤, 평생 얼굴 뜯어먹고 살라 그래" 하며 친구 중 한 명은 체념한 듯 말했다.

소개팅에서 마음에 드는 사람을 만날 확률이 과연 얼마나 될까. 내 경우엔 거의 없었다. 마흔 언저리의 나이가 되면 정말 더 힘들어진다. 사람을 만나는 일이 갈수록 더 어려워지는 가장 큰 이유는 역시 기회가 없다는 것. 일단 주변에 괜찮은 싱글이 없다. 상황이 이러하니 의지도 없어진다는 정도로 정리할 수 있겠다. 마흔 언저리의 소개팅이란 다음과 같다.

첫째, 일단 서로 큰 환상이나 기대를 품고 소개팅에 나오지 않는다.

→ 그들이 왜 낮은 기대치를 갖게 됐을지 역으로 추리하면 답이 나온다. 그동안 괜한 기대를 품었다가 실망한 경우가 그만큼 많았다는 뜻.

둘째, 소개팅이 1년에 한 번도 들어오지 않을 때도 있다.

→ 환상이나 기대를 가질 기회조차 없더라.

셋째, 혹시 '인연이 나올지도?' 하면서 기대하기도 한다.

→ 아니라고 하면서도 기대하는 날이 있다. 하지만 그놈의 인연은 대체 어디에?

남들은 소개팅으로 잘만 연애하고 결혼도 하지만, 어디까지나 이건 남의 얘기일 뿐이다. 몇 번 하지도 않은 소개팅은 번번이 좌절감만 안겨주었다. 하지만 소개팅에 실패해도 간혹 썸은 생겼다. 가장 흔하게는 일을 하다가, 또는 결혼식이나 돌잔치 등의 경조사에서, 혹은 우연한 술자리에서, 아니면 모임이나 동호회에서 등등 사람이 모이는 곳에 가다 보면 어쩌다가 썸이 생긴다.

그런데 썸에서 연애로 넘어가는 게 너무 어렵다. 나이를 먹으면서 이성 경험이나 연애의 숙련도는 높아졌는데 왜 그럴까? 이 문제에 대해 심각하게 고민했던 적이 있다. 결론은 내가 경험이 많아진 만큼 남의 경험치도 업그레이드됐다는 거였다. 서로 빤하게 알 건 알고, 감출 건 적당히 감추는 늙은 여우가 되고 만 것이다. 연애 경험치엔 개인차가 있겠지만, 다른 부분의 역량은 높아진 게 확실하다. 어디서 주워듣고 본 게 많아져서 몸을 사린다. 딱 봐서 아니다 싶으면 굳이 시간과 돈을 쓰지 않는다.

어차피 안 봐도 예측이 가능한 판. 그래도 한 번만 더 해볼까 싶어서 시도하니 역시 '그냥 그렇잖아' 소리만 하게 되고, 이런 일이 늘어나면 시간과 돈은 더욱 아깝게 느껴진다. 비슷한 일이 생기면 고민은 하게 되어도 애초에 시작까지 가기는 어려워진다.

그래서 나이를 먹을수록 연애가 더 어려운 것이다. 어디까지나 주관적인 경험일 수도 있지만, 연애의 난이도는 나이가 많아짐에 따라 더, 더, 더 업그레이드된다.

내가 느낀 체감 연애 난이도

· 20대 중후반부터 30대 초반까지의 연애 ★★
· 30대 초반부터 중반까지의 연애 ★★★★
· 30대 중반부터 그 이후의 연애 ★★★★★★ …

나이를 먹는다고 사랑에 타협이 가능해지거나 취향이 달라지지는 않는다. 오히려 취향은 더 확고해지고, 안 되는 것은 더 많아진다. 30대 중반 이후부터의 연애가 더 어려워지는 이유기도 하다.

그러면 40대 이후의 연애는 이것보다 더 힘들까? 아직 40대의 연애는 많이 경험해보지 못했기에 나의 비교군은 30대까지다. 10~30대를 통틀어 가장 어렵다는 마지막 레벨인 30대 중반 이후의 연애, 한마디로 난이도 최상의 연애에 진입하고 있는 당신, 그래서 당신은 이 연애를 시작하겠는가? 아니면 더 이상 하지 않겠는가? 어찌 됐든 지금 당신에게는 연애 끝판왕에 도전할 기회가 남아 있다.

난이도 최상의 연애만이 남은 지금, 나의 선택은 뭘까? 언제 올지 알 수 없는 사랑을 다시 한 번 기다려보는 것은 무모할까. 사람에게 희망을 거는 것 역시 쓸데없는 모험일까.

그래도 나는 한 번 더 모험을 해보고 싶다. 심장이 움직이는 연애를 기다려보는 모험을. 한 번뿐인 인생, 어차피 알 수 없는 인생, 나는 마음이 끌리는 대로 살고 싶다. 한 번 더 믿어보지 뭐, 그 심장!

:

"제가 적은 나이가 아니라서요." 며칠 전에 라디오를 듣다
가 심하게 감정이입을 해버렸다. 몇 년 전 내가 친구들한테
침 튀기며 했던 말들을 라디오 DJ가 똑같이 열을 올리며 하
고 있었는데, 사연인즉 이러했다.

30대 중후반의 한 여자가 40대 남자와 소개팅을 했다. 그
이후 남자와 매일 연락하지는 않는다. 소개팅을 한 후로
3주 동안 두 번의 만남이 있었으며, 만나면 좋지도 싫지도
않지만 몇 번은 더 만나보고 싶은 그런 상태다. 남자는 일
때문에 바쁜 편이라 연락이 뜸하다. 남자는 여자를 결혼

상대자로 보는 것 같다(하지만 여자만의 생각인 듯하다).

그동안 왜 자주 못 만났냐는 DJ의 물음에 여자는 "아무래도 상대분이 나이가 좀 있어서……. 그리고 바쁜 거 같아서……"라고 자신 없게 말했다. 그러곤 말끝을 흐리며 다음과 같이 말했다. "그분이 절 결혼 상대자로 생각하고 있는 것 같긴 한데요……."

대체 여자는 어떤 근거로 남자가 자신을 '결혼 상대자'로 여긴다고 생각했을까? 사연의 내용만으론 근거가 하나도 없어 보인다. 결혼은커녕 아직 썸의 근처로도 가지 못했다.

여기서 확실히 짚고 넘어가야 할 점이 있다. 정말로 나이가 많고 바쁜 남자는 여자에게 적극적이지 않을까? 연락 없는 남자를 이런저런 이유로 합리화하고, 만남을 지속해야 할 이유를 만드는 여자가 안쓰럽기도 했다. 하지만 남자가 여자를 결혼 상대자로 생각하고 있기 때문에, 연락이나 만남이 뜸해도 봐준다는 식의 여자를 이해할 수 없었다. 그리고 '도대체 나이가 몇 살인데 이러는 거지?'라는 생각이 들었다. 이 대목에서 DJ와 나는 또 통했다. 적절한 타이밍에 DJ가 돌직구 질문을 날렸다.

DJ   "잠시만요. 실례지만 언니 나이가 몇 살인가요? 그리고 남자분은요?"

여자   "남자분은 40대……요."

DJ   "음, 그럼 언니는요?"

여자   "저는 서른… 여섯…… 이요."

DJ   "아, 그럼 언니, 그 남자분이 많이 좋은 거예요? 그래서 고민하는 거예요?"

여자   "아니, 그게…… 제가 적은 나이가 아니어서요."

DJ   "서른여섯이 뭐가 많다고요! 당장 그만두세요. 그 남자가 좋아서 고민하는 게 아니잖아요. 솔직히 상대는 지금 양다리인 거 같아요. 남자들이 시간 없다는 말? 그거 다 믿지 마세요. 나이가 많든 적든, 정말 좋아하는 여자라면 잡기 위해서 어떻게든 시간을 내고 노력하는 게 남자예요."

아우, 속이 다 시원했다. 하고 싶은 말을 대신 날려준 DJ에게 박수를! 서른여섯 살이면 적은 나이도 아니지만 결코 많은 나이도 아니다. 나이 때문에 확신 없는 관계를 이어가며 시간 낭비를 하기는 아깝다.

여자가 '여러 가지로 아닌' 남자와의 관계를 정리하지 못하고 고민하는 때는 언제일까? 내 주변에서도 나이에 발목 잡혀 지지부진한 연애를 끝내지 못하고 '을'이 되는 친구들이 여럿 있었다. 한번 을이 된 관계에선 상황을 주도하여 결혼까지 가기가 쉽지 않아 보였다. 결혼 준비 단계부터 그 이후의 많은 상황까지 혼자 마음고생하는 여자들도 많이 봤다. 그리고 단지 나이 때문에 성급하게 내린 선택을 후회하는 여자들도.

서른 초중반을 넘긴 여자는 여러 가지로 불안해진다. 한 남자와 연애를 오래 했으면 '그 정도 연애했으면 더 늦기 전에 결혼해야 한다'라는 주변의 말들 때문에 노심초사한다. 반대로 현재 연애를 하고 있지 않으면 '지금 연애해서 결혼하고 애 낳아도 노산이다'라는 무례한 말과 태도로 인해 기분이 상한다. 애인이 있으면 있는 대로, 없으면 없는 대로 간섭을 받는다. 그러다 주변 친구들이 하나둘씩 결혼하고, 애도 낳고, 전셋집 꾸미며 신혼생활을 하는 걸 보게 되면 조급증은 더욱 증폭되고 만다. 결국 '내 나이가 이래서'라는 말까지 하게 된다.

30대인 당신은 이쯤에서 진지하게 생각해봐야 한다. 혹시 다음과 같은 고민을 한 번이라도 한 적이 있다면, 이제는 아닌 것을 과감하게 끊어낼 용기를 내길 바란다.

- 연애를 오래 했는데도 '이 사람이 진짜인지' 긴가민가한, 확신이 없는 관계.
- '결혼하고 나면 달라질 거야'라고 생각하며 꾸역꾸역 이어가는 관계.
- 처음부터 대체 이 남자는 나를 왜 만나는 건지 마음을 모르겠고 알 수 없는 관계.
- 석연치 않은 점이 있지만 '만나다 보면 알게 되겠지'라고 모르는 척 덮어둔 관계.
- '이제 나도 적은 나이가 아닌데 이 사람을 놓치면 다른 남자를 또 만날 수 있을까? 이 남자는 나랑 헤어지면 더 어린 여자 만날 텐데, 지금 헤어지면 나만 손해야. 이 사람 놓치면 큰일 나'라고 생각하며 헤어져도 될 남자와 만나고 있는 관계.

이 관계가 아니라는 것을 스스로는 알고 있지만, 끊어내지 못하게 방해하는 요인들이 너무 많다. 나보다 먼저 결혼해 또 다른 가족을 만든 친구들, 부모님의 압박, 늘어나는 나이, 힘든 직장 생활, 주변의 시선들까지.

하지만 일단 용기를 내서 상황을 바꾸면 많은 것이 변하고 그간 몰랐던 것도 알게 된다. 그렇게 되기까지는 부단한 노력과 결단을 내릴 의지가 필요하다. 친구의 문제에 단호하게 충고하는 것과 실제로 나의 문제에 용기를 내는 것은 엄연히 다르고 분명 어려운 일이다. 그러나 시간이 지나 '아니었던 지난 관계'를 되돌아보면 당시엔 보지 못했던 진실이 객관적으로 보인다. 그때 용기를 낸 자신을 칭찬해주고 싶은 날도 분명히 올 것이다.

그냥 하는 말이 아니다. 나의 경우엔 이런 결단을 서른일곱 살의 끝 무렵에 했다. 당시 나로서는 큰 결심이었고, 결혼까지 생각했던 남자와의 이별로 한동안 힘들었다. 아픔은 있었지만 결국 털어냈고 다시 연애도 할 수 있었다. 이후의 연애에서 애매한 남자들도 여럿 만나봤고, 때론 괜찮은 사람들도 있었다. 많진 않았지만. 그리고 마흔 살에는 마치 스무 살 같은 연애도 했다. 당시엔 모든 게 다 끝난 것처럼 미래가 막막했지만 그건 결코 끝이 아니었다.

이 사람을 놓치면 다시 사랑하기 힘들까 봐, 인연이 없을까 봐, 좋은 사람을 못 만날까 봐 별로인 관계를 끊지 못하는 여자들이 많다. 하지만 불확실해도 아닌 건 아니다. 알 수 없다고 해서 아닌 걸 갖고 있을 순 없다. 내 경험만 놓고 봤을 때 나이에 상관없이 올 사람은 온다. 30대 후반이거나 마흔이어도 사람은 또 온다. 좋은 놈이든 나쁜 놈이든 이상한 놈이든 간에 어쨌든 오긴 온다. 20대처럼 가만히 있어도 주변에 '놈, 놈, 놈'들이 넘쳐나진 않지만 오긴 오더라는 거다. 그들 중에서 좋은 사람을 고르거나 혹은 고르지 않거나 선택하는 것은 각자의 몫이다. 중요한 건 지금이 막막해서 아무것도 하지 않고 가만히 있는 상태보다는 확실히 더 나은 상황이 온다.

진심을 담아 한마디 하고 싶다. 나중이 있으려면 지금 '별로인 상황'을 잘 정리할 줄 알아야 한다. 내가 친구들에게 자주 하는 말이 있다.

"지금 손에 쥔 걸 놓아야 다른 걸 쥘 수 있어."

다음에 어떤 걸 쥘 수 있을지는 누구도 장담할 수 없지만 언제, 무엇을 쥐고, 그걸로 뭘 할지 결정하는 건 용기 있는

자만이 할 수 있다. 그래서 나도 매번 용기를 내려고 노력한
다. 다음의 선택에 후회가 없도록 말이다. 인생도 사랑도 끝
날 때까진 끝난 게 아니다.

:

사 랑 에
한 계 선 을 그 으 면
아 무 것 도 할 수 없 다

드라마도 영화도 아닌 예능 프로그램 「연애의 참견」을 보
다가 '댕' 하고 뒤통수를 얻어맞는 느낌이 들었다. 서른아홉
살의 여자가 내뱉은 이 말 때문이다.

"어른이 사랑에 빠지기가 얼마나 힘든 줄 알아?"

주인공의 이모로 나오는 여자는 서른아홉 살이었고 돌싱
남을 사랑했다. 마치 인생에서 마지막 사랑을 하듯 절실해
보이는 이 여자. 여자는 같이 늙어가고 싶은 사람은 이 남자
가 처음이며 그와 결혼하고 싶다고 했다. 사연인즉, 스물아

홉 살인 사연의 주인공이 만나는 남자친구의 아버지가 바로 이모의 연인이라는 것이다. 이모는 조카에게 네가 하는 사랑은 현실적으로 이뤄질 가능성이 낮고, 너는 아직 어리니 이모에게 기회를 양보하라고 했다. 어른이 사랑에 빠지기가 얼마나 힘든 줄 아느냐고 절규하면서.

서른아홉 살이라면 나보다 한 살 적은 나이다. 실제 사연을 재연하는 영상을 보면서 좀 의아한 기분이 드는 건 무엇 때문이었을까. 정말 어른의 연애란 저렇게나 절실할까? 단지 젊은 사람보다 기회가 없다는 이유 하나 때문에? 그저 나이 때문에 사랑에는 수많은 이름이 붙는다. 마지막 사랑, 끝사랑, 놓쳐서는 안 되는 사랑⋯⋯.

사실 우리는 이보다 더 절실한 사랑을 한 경험이 있다. 경험이 많지 않아 미숙했고 이별에도 서툴렀던 그때, 이 사람과 헤어지면 다시는 누구를 만날 수 없을 것 같고 세상이 끝날 것 같던 그런 사랑 말이다. 참으로 구구절절했고 이 사랑은 특별하다고 생각했던, 아프면서도 놓지 못해 애틋했던 사랑. 그러니까 나이가 더 어리다고 해서 사랑이 절실하지 않았던 건 아니라는 말이다.

물론 나이를 먹을수록 좋은 사람을 만날 기회나 사랑을 할 기회가 확연히 줄어드는 것은 맞다. 그래서 30대 후반과 40대 초반에 만난 사랑이 더 절실하게 느껴질 때가 있다. 어려운 기회 속에서 잡은 사랑이기에 더 소중하게 느껴지고, 결혼으로 연결될 가능성이 더 높기에 더 진중하게 만날 수도 있다. 하지만 늦은 나이에 하는 사랑이라서 더 소중하고 놓을 수 없는 것은 아니라고 생각한다.

지금 이 나이에 서로를 만난 것은 매우 특별한 일이며, 이 사랑에 강렬한 확신을 느꼈다고 말하는 이들도 분명 있을 것이다. 그런 사랑을 두고 하는 말이 아니다. 다만 어떤 이들이 나이로 인해 사랑의 모습과 결말을 섣불리 단정하지는 않았으면 좋겠다는 뜻이다.

나 또한 이 사랑을 마지막 사랑이라고 부르기 위해서, 마흔에는 진짜 사랑을 할 수 있다면 좋겠다고 생각했다. 상대방의 연락 한 통에 설레기도 하고, 때론 답답해하기도 하며, 상대가 좋아하는 것과 싫어하는 것을 천천히 알아가고, 서로를 더 알고 싶어 다투기도 했다. 서로가 서로에게 가장 친한 친구이자 애인이 되어주고, 꾸미지 않은 모습을 보여도 부끄럽지 않은 사이가 되어가면서, 그렇게 아주 다른 모습의 두 성인이 만나 조금씩 서로에게 물들다가 어떤 확신 같은 것을 느끼길 바라면서 말이다.

　사람은 나이가 들면 으레 성숙한 어른으로 규정되고 따라서 성숙한 연애를 할 거라고 다들 오해한다. 하지만 나이 든 사람의 대부분이 여전히 나는 미성숙하고 부족하며, 사랑 앞에선 언제나 목마르다고 할 것이다.

　나 역시 마흔쯤 되면 좀 더 성숙한 사랑을 할 수 있을 줄 알았다. 상대를 더 배려하고 유연하게 사랑할 수 있을 줄 알았다. 하지만 현실 속 나이 마흔만 되었을 뿐, 사랑의 나이는 여전히 사랑을 갈구하던 과거의 어떤 지점에 머물러 있다. 이 나이에도 상대방의 마음을 알지 못해 답답해하고, 작은 일에도 토라지며, 별거 아닌 일로 다툰다. 나와 상대가 가진 마음의 크기를 가늠해보며 속상해하거나 우쭐해지곤 한다. 이 모든 것들이 여전히 너무나 미성숙하다.

　남들은 나를 어른으로 보는데 아직도 아이 같은 사랑을 하는 걸까. 왜 아직도 세상 물정 모르고 여전히 사랑 타령을 할까 하고 잠시 생각해봤지만, 사실 모두가 20대처럼 구태여 연애사를 친구들에게 다 구구절절 얘기하지 않을 뿐 나와 같은 마음과 모습으로 사랑을 하고 있지 않을까 싶다.

나이가 들어갈수록 포기하는 게 많아진다고 하지만, 일부러 포기하지 않았으면 좋겠다. 특히 사랑이라면 말이다. 20대처럼 여전히 서툴지만 서로의 미숙한 부분을 인정하고 상처받는 일을 미리 두려워하지 않으면서, 쉽게 이 사랑을 마지막 사랑이라고 단정하지 않고 그렇다고 함부로 평가하고 재단하지 않으면서 수많은 감정 속에 다시 한 번 들어가 보는 것이다. 그렇게 다 해보고 난 뒤에 마지막 사랑이라고 말해도 늦지 않을 것 같다.

어른이 사랑에 빠지는 것은 힘든 일이긴 하지만, 사랑에 빠지는 것 자체가 원래 쉬운 일이 아니다.

⋮

여자가 직진남에게
끌리는 이유

30대를 맞이하며 우리의 연애는 새로운 국면을 맞는다. 연애의 양상이 크게 바뀌는 시기랄까. 대부분 20대까지는 연애를 할 때 누군가에게 1순위가 되는 경험을 한다. 서로가 서로에게 처음인 경우도 있고, 첫사랑도 포함되며, 연애 횟수도 그리 많지 않은 편에 속하기 때문에 30대의 연애보다 20대의 연애는 조금 더 무모하고 뜨거우며 서로를 알고 싶어 집착한다. 그래서 더 아프고, 더 질척대고 많은 부분에서 찌질하기까지 하다. 그리고 이 모든 것을 다 해볼 만큼 가히 용감하다.

왜냐하면 그땐 그렇게 안 하면 죽을 것 같고 세상이 끝날 것 같기 때문이다. 상대가 아닌 나를 위해서 할 수 있는 모든 것을 다 해야 한다. 자존심도 다 내려놓고 밑바닥까지 가보는 것이다.

이런 우리가 언제부터 달라졌을까? 뜨겁던 연애가 사라지는 건 언제부터일까? 성별을 막론하고 20대를 지나 30대가 되면 모든 연애는 소극적이고 자기방어적이 된다. 더는 상처받기 싫고 손해 보기 싫어서 몸을 사리니 생기는 현상이다. 하지만 그 누구도 비난할 수 없다.

대부분의 사람은 30대 이전까지의 연애에서 이 남자와 이 여자가 아니면 안 될 것 같은 사랑을 해봤을 것이다. 가슴 아픈 실연도 겪고, 여기저기 까이기도 하면서 실패의 경험도 쌓였을 것이다. 사랑의 실패는 반드시 상처를 동반하기 때문에 아프다. 이건 경험이 쌓여도 마찬가지이며 무뎌지지도 않는다. 오히려 상처에 더 아픈 상처를 더하는 격이라서 더욱 고통스럽다. 연애 경험자들은 그 쓰라린 경험을 다시 하기가 겁나는 것이다.

그래도 사람 일이 어디 다 마음대로 되던가. 힘든 사랑 따위 안 하고 싶은데 그럴 수도 없다. 사랑에 관심 없는 척 살다가도 또다시 새 남자와 여자가 눈에 들어온다. 30대가 되면 일도 해야 하고, 나름 각자의 취미 생활도 있고, 나 혼자 잘 살 수 있는 요소들도 넘쳐난다. 그래도 이성을 만나는 재미와 설렘, 사람이 주는 위안만큼 좋은 건 많지 않다. 사랑을 해본 사람일수록 외롭다는 감정에도 더 쉽게 빠진다. 그래서 결론은 다시 둘이 되고 싶어진다.

그다음은 반복이다. 다시 설렘을 주는 상대를 찾는다. 소개팅도 하고 모임도 나가고 동호회도 하면서, 그렇게 우리는 사람을 만나 또다시 썸을 타고 연애를 한다. 간혹 이게 사랑까지 이어지기도 한다.

단, 이미 경험해본 사람들은 잘 알 것이다. 30대의 연애는 썸에서 끝나고 마는 경우가 많다는 걸. 만남이 연애가 되기도 힘들고, 사랑까지 이어지기는 더욱 힘들다.

연애의 경험은 늘었는데, 왜 연애는 더 어려워질까. 순전히 여자의 입장에서만 생각해봤다. 30대 여자가 연애할 때 멈칫하는 경우가 몇 가지 있는데, 그중 하나가 바로 '직진하지 않는 남자'를 볼 때다. 나의 경우는 더욱 그랬다.

내가 만난 30대 남자들은 한마디로 '간 보는 남자들'이 많았다. 나를 좋아하는 것 같은데, 아닌 것도 같아서 헷갈렸다.

그들은 나한테 마음을 온전히 다 쏟지 않고, 왠지 다른 여자와 저울질하는 것 같은 느낌을 줬다. 그냥 외롭고 심심해서 나를 만나는 건지, 나와 정말 잘해보고 싶어서 그러는 건지 판단이 잘 서지 않았다. 쉽게 말해 그들은 '직진남'이 아니었다. 나와 잘 되고 싶으면 직진해서 올 텐데, 왜 안 그러는 거지? 하는 의문을 갖게 하는 남자들. 이런 남자를 만났을 때 여자는 멈칫하게 된다.

여자에게 있어 이렇게 변해버린 30대 남자는 당황스러운 존재다. 불과 20대에서 몇 살 더 먹어 30대가 됐다고 갑작스레 돌변한 남자. 여자는 확연히 달라진 연애 패턴을 이해할 수 없을 때가 많다. 20대엔 싫다고 거절해도 몇 번을 더 대시하던 남자가 이젠 카톡 답장을 조금만 늦게 해도 돌아선다. 어떻게 해서든 먼 길 마다하지 않고 찾아오던 남자도 이젠 일이 바쁘고 평일엔 피곤해서 못 만난다고 말한다.

게다가 아무리 나이는 숫자에 불과할 뿐이라고 해도, 여자는 나이 앞에서 초조해진다. 밖에 나가 보면 매력적인 여자들은 왜 그리 많은가. 심지어 어리기까지 하면서 말이다. 30대를 넘어서면 여자는 나이 앞에서 작아질 때가 많다.

하지만 30대 남자는 좀 다르다. 일을 하면서 경제력이 생겼고 오히려 자신감이 높아졌다. 연애의 기회도 30대 여자보다 30대 남자가 훨씬 더 많은 게 현실이다. 그래서 여자가 20대의 연애에선 갑이었다면, 30대의 연애에선 을로 돌아서는 경우가 많다. 그렇다고 직진하지 않고 깔짝거리며 간을 보는 남자에게 마음을 줄 순 없다. 지난 시절에 나만을 바라봐준 열정적인 연애를 겪었기 때문이다. 여자에겐 30대 남자를 이해하기까지 시간과 경험이 더 필요하다.

반대로 30대 남자는 20대의 연애를 통해 여자에게 차이고 바닥까지 간 경험이 쌓였기 때문에 이제는 몸을 사린다. 혈기왕성하던 그 시절, 온 열정과 시간을 바친 그녀들은 결국 다 떠났기 때문이다. 이런저런 아르바이트를 해가며 아낌없이 돈을 쓰기도 했는데 여자가 배신한 경우도 있었다. 무엇보다 여자(사랑)에 올인할 만큼 피가 뜨겁지도 않다. 직장에서 해야 할 일도 많고, 매일 바쁘며 앞으로 가야 할 길이 너무 멀다. 그래서 이제 어려운 연애는 피하고 싶고, 연애보다 상대적으로 책임감이 덜한 썸이 편하다. 늘 여자에게 모든 것을 맞췄는데 이젠 대접도 받고 싶다. 남자의 연애 패턴이 바뀌기 시작한 건, 이렇게 나름의 이유가 있었을 거다.

그래도 나이를 떠나서 여자는 여전히 사랑받고 싶다. 저 사람이 나를 향해 있다는 느낌이 중요하고, 나를 위해 남자가 이렇게 저렇게 해주는 것이 중요하다. 남자가 여자의 외모나 성격이 중요하다고 말하는 것처럼, 여자는 일반적으로 남자의 성격(열정)을 중요하게 생각한다. 그래서 밋밋하고 미적지근한 남자에게 여자는 마음을 열기가 쉽지 않다.

30대임에도 불구하고 나에게 열정적으로 다가오는 직진남은 매력적이다. 적어도 나에게는 그랬다. 전력 질주를 멈춘 남자들 사이에서 직진하는 남자를 봤을 때 여자의 마음은 다시 움직인다.

기회가 된다면 30대 남자에게 말해주고 싶다. 정말 좋아하는 그녀를 만났고 진심이라면, 고민하지 말라고. 속는 셈 치고 그녀에게 달려가 보라고. 20대 때의 속도는 아니더라도 상대를 똑바로 보고 달려가는 것이다. 의외로 당신의 직진에 마음을 열고 다가오는 여자들이 많을 테니까.

：

우리에겐
소개팅을 거절할
권리가 있다

　나는 소개팅이 친구가 보증을 서주는 일만큼이나 중요하다고 생각한다. 나라는 인간을 믿고, 누군가에게 나를 보증하는 일이 쉽게 말해 소개팅 아닌가. 자기가 잘 아는 지인이나 친구, 지인의 지인, 친구의 친구 등에게 어찌 됐든 간에 '인간 보증'을 하는 일이 소개팅이라고 생각한다. 물론 많은 이들이 그만큼의 의미나 생각을 담지 않고 편하게 "그냥 한 번 만나 봐"라고 말하지만 말이다.

　나에게도 "소개팅은 어색해서 싫어, 그냥 자연스럽게 만날게"라고 외쳤던 20대 시절이 있었다. 그때는 자연스러운 만남의 기회가 많았던 모양이다. 소개팅이 귀한 줄 몰랐던,

철없던 시기라고 말하고 싶다. 20대 때엔 굳이 소개팅을 하지 않아도 성별을 떠나 사람을 만나기가 힘들지 않았고, 세상에 재미있는 게 넘쳐났다. 특히 80년생인 나의 20대는 요즘의 20대와 달랐다. 대학 생활을 신나게 즐겼던 마지막 세대가 아닌가 싶다. 심지어 누구를 만나는 것 자체에 큰 열의가 없기도 했다.

20대를 지나 30대가 되고. 내 인생의 황금기라 생각했던 서른둘을 지나 서른다섯 정도가 되니 사람을 만날 기회는 체감상으로 확 줄었다. 소개팅이 1년에 한 번도 들어오지 않을 때도 있었고, 그때까지는 소개팅으로 마음에 드는 사람도 만나지 못했다. 한때 소개팅을 외면하고 기고만장했던 나는 서른 중반에서야 깨달았다. '뭘 그리 거절했어. 그냥 한번 만나보면 될걸' 하고. 그때부터는 많지 않은 소개팅 제의에 웬만하면 다 응했다. 그러나 좋은 경험만 한 것은 아니었다.

고기도 먹어본 사람이 잘 먹는다 했던가. 소개팅도 해본 사람이 잘하는 건지, 나는 소개팅의 모든 과정이 어색했다. 아직 얼굴 한 번 안 본 사이에 아침이면 연락을 하고 퇴근길 안부를 주고받는 게 왜 그리 어색했는지! 소개팅에 몇 번 실패하고 난 이후엔 누군가에게 연락처를 넘기는 일에도 예민해졌다. 되도록 상대에게 내 연락처를 늦게 전해달라고 주선자에게 부탁했다. 얼굴도 안 본 사이에 의미 없는 연락을 주고받는 게 싫었다. 만나기 전에는 간단하게 약속만 정하고, 만난 뒤에 계속 연락을 이어갈지 결정하는 게 더 편했고 합리적이라고 생각했다. 이것은 소개팅 이후, 세상 다정하고 매너 있게 굴던 소개팅 남녀의 갑작스러운 태도 변화를 미리 예방할 수 있는 좋은 방법이기도 하다.

참 어렵다, 그놈의 소개팅. 특히 30대 중후반이 된 사람들이 만나는 일은 더욱 그렇다. 이미 지난 연애를 통해 '알아야 할 것'들을 터득한 진짜 어른들의 만남이기 때문이다. 이들의 만남은 태생 자체가 심플할 수 없다. 여차하면 결혼할 상대를 만날 수 있기에 아무리 마음을 비운다고 해도 기초적인 계산과 기대를 하지 않을 수 없다. "가볍게 밥이나 한 끼 먹는다고 생각해"라고 말하지만, 어디 그게 말처럼 쉬운가?

어쨌든 소개팅의 기본은 서로 전화번호를 주고받고 연락을 하면서 시작된다. 요즘엔 대부분 카카오톡을 쓰니까 전화번호를 등록하기만 해도 상대의 신상 정보를 대략 알 수 있다. 이 사람이 여행을 자주 다니는지, 맛집을 좋아하는지, 셀

카 찍는 걸 좋아하는지 등등.

소개팅에서 가장 중요한 것 중의 하나인 외모 평가도 미리 시작된다. 프로필 사진이 실제와 얼마나 근접할 것인지도 추측한다. 이는 서로 연락처를 넘기면서부터 이미 용납한 부분이라고 봐야 한다.

하지만 당황스러웠던 것은, 굳이 '잘 나온 예쁜 사진'을 보내달라고 하는 경우였다. 연락처만 알아도 상대의 사진을 거의 볼 수 있는데 따로 잘 나온 사진을 요구하니 말이다. 사진을 보고 외모가 맘에 안 들면 만나지도 않겠다는 의미 같아서 괜히 그 소개팅이 꺼려졌다. 외모로만 사람을 판단하겠다는 뜻 같았다. 그래서 만나기 전에 사진을 먼저 요구하는 경우, 그 소개팅은 거절했던 적이 많았다. 조금만 센스가 있다면, 따로 지인에게 부탁하는 등 얼마든지 다른 방법으로 사진을 슬쩍 볼 수도 있을 텐데 굳이 저렇게까지 노골적이어야 하나 싶었다.

또 당황스러웠던 것은, 그 사람이 대체 누군지 정체도 모르는데 무조건 만나 보라고 할 때다. 앞에서 말했듯이 나는 소개팅을 '인간 보증'이라고 생각하는데 "그렇게 재지 말고 일단 한번 만나 봐"라고 말하거나, 내 의사는 묻지도 않고 "네 연락처 그쪽에 넘길 테니 일단 만나"라고 할 때가 불편했다. 그래서 그 사람이 누구냐고 물으면 "나는 잘 모르는데, 아는 형이 진짜 잘 아는 동생이래" 하는 식으로 말하는 경우도 그랬다. 오 마이 갓. 이외에도 모르는 사람이 섞인 술자리에서 내가 미혼이라는 말만 듣고 거기에 있는 '아무 미혼 남자'와 굴비 엮듯 엮으려 들 때도.

주변에 괜찮은 30대 남자가 없는 게 현실이라고 해도, 최소한 상대가 누군지는 알고 연결을 시켜줘야 하는 거 아닌가. 왜 아무나와 연결하려 하고, 소개팅을 거절하면 '쟤는 여자' 취급을 하느냔 말이다. 내가 소개팅을 거절할 때면 지인들은 또 말했다. "일단 그냥 만나 보라니까. 인연일지 또 어떻게 아냐?" 아니, 뭘 그렇게 무조건 일단 만나라는 거냐고!

나도 나름대로 노력하려고 했다. 진짜 묻지도 따지지도 않고, 남자의 이름과 나이 정도만 알고 '좋은 사람일 거야'라는 생각으로 소개팅에 나가기도 했었으니까. 하지만 실제로 나가 보니 나이나 직업이 내가 들은 것과 달랐던 경우도 있었다. 건너서 전해 들은 정보가 불일치하는 경우였다. 이 정도면 거의 헌팅 아닌가. 그리고 이런 만남을 한 뒤엔 깊은 자괴감이 몰려왔다. 이러려고 황금 같은 주말에 이렇게 꾸미고 나왔나. 나는 누구이며 여긴 어딘가······.

그 이후로 이런 식의 소개팅이 들어올 때면 종종 거절했다. 또다시 이런 말도 들어야 했다. "넌 눈이 높아서 안 된다고", "제발 오픈 마인드를 가져". 아니, 오픈 마인드는 대체 무엇인 걸까? 30대 후반의 소개팅은 다 이런 걸까? 이런 일이 정말 나한테만 생기는 것인지 궁금했다. 내가 소개팅을 받을 때 원한 건 딱 이 정도였다.

"내가 그 사람을 오래 봐서 아는데, 성격이 너랑 잘 맞을 거 같아. 소개팅해볼래?"
"내가 잘 아는 친구 소개니까 믿고 봐도 될 거 같아. ○○하는 사람이고 ○○살인데, 인상도 좋고 성격도 괜찮대. 좋은 사람이라고 하니까 한번 만나볼래?"

과연 이 정도를 원하는 게 눈이 높은 것인지 묻고 싶다. 내가 나이가 좀 많고, 이제 괜찮은 사람을 만날 기회가 점점 줄어든다고 해서 아무것도 묻지도 따지지도 않고 '그저 소개팅 해주셔서 감사합니다' 하고 나갈 수는 없지 않은가.

소개팅은 그야말로 복불복의 만남이다. 일단 만나봐야 그 사람이 나랑 잘 맞을지 아닐지, 그 사람이 내 스타일일지 아닐지, 한 번 만나고 끝날 인연일지 아닐지를 알 수 있다. 만나기 전에는 모를 수밖에 없다. 그래서 만남이 우선되는 것도 어느 정도 인정한다. 소개팅의 성공률을 높이려면 일단 확률을 높이는 것도 중요하다. 확률로만 보면, 많이 나가야 얻어걸릴 확률이 높아지니까.

하지만 어떤 게임인지도 모른 채 무조건 게임부터 하다가는 오래 버틸 수 없고, 결국엔 망하기 쉽다. 최소한의 룰을 알아야 게임도 할 수 있다. 가장 중요한 건, 나는 '아무나'와 만나고 싶지가 않다.

여전히 많은 이들이 소개팅을 주선할 때 충고한다. 언제 어디서든 누구와도 인연이 될 수 있는 마음가짐이 중요하다고. 당연하다. 미혼의 남녀는 누구든 만날 수 있고 누구와도 인연이 될 수 있다. 그걸 부정하는 게 아니다. 단, 그렇다고 해서 나이가 비슷하고 미혼이면 무조건 만나야 하는 건 아닐 것이다.

:

한없이
눈치만 보는 연애를
하고 있다면

연애 초기, 서로에게 잘 보이고 싶은 마음과 아직은 잘 알지 못하는 상대가 주는 설렘은 적당한 긴장감을 만들고 두 사람을 더욱 특별하게 연결해준다. 그래서 연애를 시작하는 사람들에겐 그들만의 묘한 공기가 있다. 때론 이런 긴장감이 서로 눈치를 보게 하기도 하고, 약간의 불편함을 만들기도 하지만 대부분은 좋은 불편함이고 좋은 긴장감이다.

하지만 좋은 긴장감에도 유효기간은 있다. 연애 기간이 길어지고 서로가 편해지면 긴장감은 점점 줄어드는 대신 안정된 사이가 되어간다. 서로의 취향과 습관을 알게 되어서 연애는 좀 더 편해지고 좋은 느슨함을 준다. 좋은 불편함과 좋은 느슨함은 연애의 단계를 거치는 과정에서 나타나는 매우 자연스러운 현상이다.

다만 좋은 불편함에서 좋은 느슨함으로 가지 못하는 관계도 더러 있다. 특별히 상대가 나한테 못하는 것도 아니고, 오히려 잘해주는 쪽인데 함께 있는 게 불편하고 도무지 편해지지 않는 관계. 혹은 겉으로 보기에는 정상적인 연애 중인데 왠지 모르게 나를 다 보여줄 수 없어 진정한 편안함을 느끼지 못하는 불완전한 관계. 생각과 말을 걸러서 해야 하는 관계도 포함되는 것 같다. 이렇게 맞지 않는 옷을 입은 것처럼 불편한 관계가 오래갈 리 없다.

관계에도 여러 종류가 있다. 연애를 할수록 나를 작아지게 하는 사람과 반대로 나를 커 보이게 하는 사람이 있고, 쌍방향이 아닌 일방향의 관계도 많다. 무엇보다 나보다 상대가 주체가 되어버리면 연애의 방향과 중심도 잃는다.

내가 주체가 되지 못하는 연애는 결국 나를 작게 만든다. 친한 친구 중에 한때 남자친구가 하지 말라는 일은 절대 안 하던 친구가 있었다. 친구들과의 여행도, 남녀가 섞인 술자리도 가지 않았고, 늘 남자친구가 좋아하는 스타일로 꾸몄

다. 인간관계나 귀가 시간도 남자친구가 정해줬다. 남자친구는 처음에는 하나를 요구하더니, 나중에는 점점 더 많아졌다. 친구는 싸우기 싫어서 그가 원하는 대로 했고 그게 사랑을 유지하는 방법이라고 생각했지만, 결과는 좋지 않았다. 남자친구는 친구를 그대로 인정해주지 않았고, 친구는 그런 그를 묵인했다. 이는 서로가 서로를 인정하지 않은 잘못된 사랑이라고 생각한다.

상대의 눈치를 보면서 이어가는 연애가 즐거울 리 없다. 이별하는 게 두려워서, 다시는 이런 사람을 못 만날 것 같아서 나를 작게 만드는 상대에게 끌려가는 연애가 행복할 리 없다. 그럼에도 불구하고 수많은 사람이 나를 작게 만드는 연애를 한다. 그들에게도 나름의 이유는 있다. '바로 사랑한다는 이유'다. '그래도 사랑한다'는 것, 매우 주관적이고 낭만적인 변명이라 반박이 쉽지 않다. 하지만 잘못된 사랑을 합리화하며 사랑으로 포장하는 것은 아까운 시간만 낭비할 뿐, 결국 좋지 않은 결말만 초래한다.

반대로 상대가 나를 인정해주는 경우, 연애할 때 자존감도 높아지고 안정된 관계가 이어진다. 나는 있는 그대로 충분히 사랑받을 가치가 있는 사람이고, 나의 사소한 실수나 잘못으로 상대가 떠날지도 모른다는 불안감이 없기 때문에 충만한 사랑을 할 수 있다. 상대는 나를 인정하고, 나는 상대를 인정하면서 서로의 불완전함을 맞춰나간다. 특별하지 않은 나를 이해해주고 인정해주는 상대를 볼 때 나의 존재감도, 사랑도 커진다. 일상생활에서 자존감이 중요한 역할을 하듯, 연애에서도 자존감이 필요한 이유다. 과하게 포장하거나 감추는 것이 많은 연애는 건강하게 유지될 수 없다.

연애는 나를 사랑해주는 가장 확실한 내 편이 생기는 일이다. 가장 확실한 내 편은, 있는 그대로의 나를 보여줘도 안심이 되는 상대가 아닐까? 지금 시작하는 연인들이 있다면 한번 생각해봐도 좋을 것 같다. 우리는 서로 좋은 불편함과 좋은 느슨함을 주는 관계인지, 서로를 그대로 꺼내 놓는 일에 두려움이 없는 사이인지 말이다.

:

이제는
안정적인 사랑이
하고 싶은 당신에게

살아가면서 한 인간에겐 대개 몇 번의 연애가 지나간다. 사람마다 정도의 차이는 있지만 보통은 몇 번의 연애를 하며 살아가니까 말이다.

연애는 반드시 두 사람이 있어야 가능한 행위다. 두 사람은 성격, 성향, 자라온 가정환경이나 생활환경이 다르고, 좋아하거나 싫어하는 것의 취향 차이도 있을 것이다. 이런 가정으로 본다면 애초부터 연애란 어려울 수밖에 없다. 모든 합이 딱딱 들어맞는 연애는 거의 불가능에 가깝다.

연애 한 번엔, 한 번의 만남과 한 번의 이별이 포함된다. 누군가의 연애가 끝났다는 건 다시 말해서 만남과 이별을 했다는 뜻이고, 몇 번의 연애를 해봤다는 건 사랑과 이별을 몇 번은 겪었다는 말과 같다. 그래서 몇 번의 연애는 다른 종류의 사랑을 몇 번 경험했다는 말이 된다.

몇 번의 사랑과 몇 번의 이별을 통해 알게 된 점이 있다. 지난 연애의 모습이 같은 듯 하지만 다 다르고, 다른 듯하지만 또 비슷하다는 사실이다. 모든 연애는 사랑한 만큼 상처를 남겼고 함께한 시간만큼 추억도 남겼으며, 가장 중요한 것은 그 모든 연애가 각각 다른 어떤 유익을 남겼다는 점이다.

타고난 성격이나 추구하는 가치관, 오랜 습관 같은 것이 누구를 만난다고 해서 크게 달라지지는 않는다. 이것을 사람의 기본 속성이라고 하면, 상대가 바뀐다고 해도 연애의 기본 속성은 그대로일 때가 많다. 하지만 연애의 겉모습은 누구를 만나느냐에 따라 얼마든지 달라질 수 있다.

이렇게 생각해보면 매우 간단하다. 상대가 어떤 음식을 좋아하느냐에 따라 나의 저녁 메뉴가 달라질 수 있고, 상대가 어떤 취미 활동을 하느냐에 따라 내가 즐겨 하는 행위도 달라질 수 있다. 듬직한 상대를 만나면 그 앞에서 어린아이가 될 수 있지만, 못 미더운 상대를 만나면 그 반대가 될 수 있다. 나도 모르는 내 모습을 찾아주는 상대가 있는가 하면, 나의 본모습은커녕 아무것도 보여줄 수 없는 상대도 있다. 그렇게 누구를 만나느냐에 따라 내가 보여줄 수 있는 모습도 확연하게 달라진다.

연애에도 패턴이라는 게 있어서 나쁜 남자에게 끌리는 여자는 항상 나쁜 남자에게 빠지고, 누군가에게 맞춰주는 사랑을 하는 사람은 어떤 사람을 만나도 맞춰주는 경우가 많다.

각자 가진 기본 속성이 너무 강한 것일까? 이런 이들의 사랑은 상대가 바뀌어도 늘 비슷한 것처럼 보인다. 다른 상대와 연애를 하지만, 희한하게 연애의 과정이나 결론이 항상 비슷하다.

반대로 연애를 통해 패턴이 깨지기도 한다. 과묵했던 남자가 애교 많은 여자를 만나 다정한 남자로 변신하는 일, 열 명의 나쁜 남자와 연애한 여자가 착한 남자를 만나 비로소 안정적인 연애를 하게 되는 일, 그리고 비혼주의자들을 결혼으로 이끄는 것 역시 강렬한 연애와 사랑이다. '나는 원래 이런 사람이야'라고 줄곧 생각했지만 '내가 이런 사람이었나?'라고 깨닫게 하는 일이 있다면, 그것도 바로 연애나 사랑을 할 때 생기는 일이다.

좋은 연애의 모습은 정말 수도 없이 많고 또 주관적이어서, 어떤 연애를 두고 이것이 좋은 연애라고 쉽게 단정 지을 순 없다. 그래도 나는 이것만은 좋은 연애라고 생각하는데, 바로 상대방을 좋은 사람으로 만들어주는 경우다. 서로의 가치를 빛나게 해주고 서로를 더 좋은 사람으로 만들어주는 연애 말이다. 보통 사랑에 빠진 연인들의 눈빛을 두고 '꿀이 뚝뚝 떨어진다'라는 표현을 쓰곤 하는데, 이들의 시선이 늘 애정으로 가득 차 있기에 가능하다고 생각한다.

나의 또 다른 면을 끄집어내고 잘 보듬어서 빛나게 해주는 이를 만나는 경우는 인생에서 몇 안 되는 경이롭고 행복한 일이다. 나는 30대도 다 지나간 나이 마흔에 이 소중한 경험을 하고 있다. 그는 온몸으로 너를 사랑하고 있다고 표현하는 동시에 내가 좋은 사람이라고 말해준다. 그러면 나는 좀 더 좋은 사람이 되고 싶고, 이 착한 사람 옆에서 오래도록 행복해지고 싶은 마음이 든다. 지난 연애를 통해 나는 이것이 얼마나 소중한지 배웠고, 지금의 사랑을 잘 지키기 위해 어떻게 해야 하는지도 자주 생각하게 되었다. 나의 사랑을 객관적으로 살펴보고 관찰하다 보니 우리 관계 속의 장점들이 보였다. 조금 쑥스럽긴 하지만 이런 것들이다.

첫째, 서로의 감정을 자주 살핀다. 자주 유치해지고 몹쓸 어리광을 피우기도 하지만 그만큼 감정을 솔직하게 표현한다. 누군가 나와 남자친구의 모습을 본다면 '아니 저 나이에?' 하고 아연실색할지도 모르지만 나이 따위 개나 줘버린 지 오래됐다. 이렇게 사랑하는 지금의 내 모습이 좋다.

둘째, 상대방과 취향이 다른 것에 크게 구애받지 않는다. 나는 책을 읽고 사색하는 시간이 필요한 사람이고, 그는 운동과 액션 영화를 좋아하는 사람이다. 우리는 서로의 시간을 방해하지 않고 인정한다. 그 시간을 무조건 나와 함께하자고 한다거나, 하지 말라고 하지 않는다. 그리고 나는 그를 위해 별로 좋아하지 않는 액션 영화를 보고, 그는 나를 위해 내가 좋아하는 로맨스 영화를 본다. 서로의 취향이 다른 것을 이해하려고 하지 않는 대신 그냥 인정하거나 아예 같이하는 편이다.

셋째, 의논이 가능하다. '에이, 그게 뭐라고?' 하는 사람도 있을지 모르지만 나는 이 부분이 굉장히 중요하다고 생각한다. 사랑하는 사이라면 언제든 의논이 가능해야 한다. 어떤 말을 할 때 연인의 눈치를 보거나, 하고 싶은 말을 다 할 수 없다는 것은 참 곤란하다. 말을 가감하는 사이에는 의심과 오해가 생길 수밖에 없다. 내 주변에도 상대의 눈치를 살피거나 깊은 대화를 하지 않는 연인들이 많이 있다. 만약 지금 만나는 연인을 미래까지 함께할 상대라고 생각한다면, 문제가 생겼을 때 가장 먼저 도움을 요청하고 의논해서 해결책을 마련할 수 있는지 생각해봐야 한다. 평소 서로의 감정을 편하게 얘기할 수 있다면, 언제든 의논이 가능한 사이가 맞다.

연애는 몸과 마음을 다해 서로를 바라보는 행위이자 서로의 감정을 정성껏 만져주는 일이다. 인간의 감정은 자꾸 들여다보고 주무를수록 말랑해지는 것이어서 누가, 어떻게, 얼마나 잘 만져주느냐에 따라 예쁜 모양이 되기도 하고 못생긴 모양이 되기도 한다.

예를 들면 이런 것이다. "내 눈엔 네가 제일 예뻐"라든가, "항상 보고 싶어" 혹은 무조건 "사랑해"라고 자주 말해주는 남자친구가 곁에 있다면, 아무리 무뚝뚝한 여자라도 어느새 "나도 사랑해", "나도 보고 싶어", "너도 멋있어"라는 말을 하게 된다. 애정 표현은 묘한 마력이 있어서 하면 할수록 다른 감정에도 영향을 준다. 평소에 애정 표현을 자주 하던 연인이 다른 부분의 감정을 얘기하기가 쉬운 것은 어찌 보면 당연한 일이다. 이들에겐 어떤 대화든 자연스럽다. 서로의 감정에 일상적으로 꾸준히 관여했기 때문에 '갑자기'나 '뜬금없이'라는 느낌이 없다. 커플이 싸울 때 "왜 그런 말을 이제야 해?" 혹은 "뜬금없이 그게 무슨 말이야?"라는 말을 할 때가 종종 있는데, 대부분 평소에 감정적으로 충분히 교류하지 못했던 경우일 것이다.

사랑은 어느 날 갑자기 시작되거나 뜬금없이 빠져버리기도 하지만, 사랑을 이어나가는 힘은 '갑자기' 혹은 '뜬금없이' 나오지 않는다. 어렵게 이룬 사랑을 잘 지켜나가기 위해선 서로가 상대의 마음을 잘 살펴야 한다. 내 마음만 중요하고 나만 중요한 관계는 당연히 오래가지 않는다. 그런 건 철없던 20대에 많이 해봤으니 이제는 '함께' 잘 가는 연애의 방향을 모색해야 하지 않을까. 30대가 되고 40대가 되어도 우리는 불완전하고 한없이 미성숙하지만, 아직도 막무가내식의 연애를 하는 건 곤란하다.

연애의 방식이나 사람의 기본 속성은 그대로일지 몰라도 나이를 먹으면 적어도 '연애의 태도'는 달라져야 하지 않을까. 불완전한 인간들이 만났지만, 서로가 완전하지 않다는 것을 잘 알기에 더욱더 상대의 감정을 살피려 노력해야 하고 보폭을 맞춰 함께 걷기 위해 신경 써야 한다. 어른의 연애에서 기대하는 성숙함이란, 그저 이런 정도가 아닐까 싶다.

그리고 연애에 이렇게 성숙함이 나타나는 시기가 있다면 아마도 30대 후반 정도일 것이다. 한여름 태양같이 이글거리던 뜨거운 연애도 겪어봤고, 달고 쓴 연애들이 한차례 지나간 후 철없던 지난 시절을 한 번쯤은 되돌아본 상태. 이쯤 되면 과거의 엇갈렸던 기억이나 실패의 경험은 다가올 연애의 자양분이 될 수 있다. 지난 연애를 복기하며 추억에 젖거나 후회하기보단 지난 연애에서 남은 것을 잘 끌어모아 지혜롭게 활용할 차례다.

：

결혼한 여자들이 말하는
결혼의 장단점

여느 날과 다름없이 친한 선배들과 와인을 마시던 겨울밤
이었다. 우리는 여러 가지 주제에 대해 허심탄회한 대화를
자주 나누는데 그날도 온갖 이야기가 펼쳐졌다. 그리고 어떤
대화 중에 나왔는지 지금은 기억이 안 나지만, 결혼한 선배
가 했던 말 한마디가 내내 머릿속을 맴돌았다.

"결혼은 그 사람의 일부를 보고 하는 거잖아. 그 일부가
    전부가 아니란 걸 결혼하고 나서야 깨닫는 일이 진짜
    결혼인 것 같아."

진짜 결혼이란 어떤 것일까? 아직 미혼인 내가 결혼에 대해 그리는 모습은 추상적일 수밖에 없다. 드라마에서 보는 결혼은 가공된 단면이기 때문에 날것 그대로의 결혼 생활이 궁금했다.

결혼에 대한 생각은 남자와 여자가 각각 다르고, 기혼과 미혼에 따라서도 다를 것이다. 그렇다면 결혼한 여자들이 말하는 진짜 결혼은 어떤 것일까. 이 명제를 이끌어낸 선배의 한마디는 앞과 같았다. 한 사람의 '일부'를 '전부'라 믿고 평생 함께 살 것을 약속하는 것. 그리고 그것이 착각임을 깨닫는 순간, 여자에겐 결혼과 함께 치러야 할 의무와 책임들이 생겨난다. 남편과 아이를 위해 일과 시간을 희생해야 하고, 그래도 일상을 살아내야 하는 것이다. 그 속에서 남편에게 반한 일부의 모습이 그의 본모습이 아니었음도 알게 된다. 어쩌면 자신의 선택을 후회할지도 모른다. 누군가가 한 사람의 전부를 이해하는 일이 과연 가능할까? 아마 불가능하지 않을까? 여러 가지 생각이 얽혀서 머릿속은 더 복잡해졌다.

주변의 친한 친구들에게 진짜 결혼이란 무엇인지 물어보았다. 이미 결혼 10년 차에 접어든 친구들은 참으로 리얼한 대답들을 들려주었다.

'인생 최고의 선택? NO! 인생 최대의 실수!'

'남녀 타이밍의 결합.'

'여자들이 하는 착각의 결과물.'

'변수들의 연속.'

'한마디로 미친 짓.'

'하루아침에 어른이 되라고 강요하는 일.'

'나다움을 잃어가는 일.'

종합해보면 결혼은 남녀가 '바로 이때다'라고 생각하는 타이밍에 만난 사람과 하게 된다. 이때 여자들은 이 남자는 다른 남자들과 좀 다를 것이며 혹은 결혼하면 더 나은 생활이 기다리고 있을 것이라고 생각하지만, 결혼하고 나면 큰 착각이었음을 알게 된다.

결혼한 세상에선 가늠할 수 없는 변수들이 너무 많고, 남편과 시댁, 아이에 이르기까지 온갖 책임과 의무가 따라오며, 하루아침에 빨리 어른이 되라고 강요한다. 가족들이 생기는 대신 나만 챙기면 되는 홀가분함은 사라지고, 여러 가족과 친지들의 대소사까지 챙겨야 하는 피곤한 현실을 마주해야 한다. 아이와 주변을 돌보고, 또 돌보라고 강요받는 사이 나다움은 점점 잃어간다. 온전히 나로 사는 일이 가장 어려운 일이 되는 것이다.

한 친구는 이렇게 말하기도 했다. 그 당시엔 지금처럼 결혼이 선택이라는 인식보다 여전히 필수라는 인식이 강해서 자기도 모르게 '결혼이 인생의 정해진 순서'라고 생각했고, 큰 의심 없이 결혼이란 제도에 들어온 것 같다고 말이다.

또 다른 친구는 연애와 결혼의 다른 점에 대해 이렇게 말했다. 연애는 하고 싶은 일을 하는 거지만, 결혼은 하기 싫어도 어쩔 수 없이 해야 하는 일이 점점 많아진다고 말이다. 사랑하는 연인끼리는 모든 것을 해주고 싶고 기꺼이 불편도 감수하지만, 결혼하고 나면 일상을 유지하기 위해 하기 싫어도 해야 하는 일들이 많아진다고 했다. 그러다 보면 불편과 불만이 늘어난다는 것이다.

이 사람과 살면 재밌겠다 싶어서 결혼했다는 친구도 있었다. 연애할 땐 그만큼 서로 잘 맞았고 같이 있으면 즐거웠는데, 연애와 결혼은 너무나 달랐다. 결혼은 연애 시절처럼 재밌고 좋은 일만 할 때는 절대 알 수 없던 것들이 많았다. 같이 살지 않으면 모를 수밖에 없는 게 결혼의 함정이다.

물론 결혼에 대해서 부정적인 대답만 나온 건 아니었다.

'미우나 고우나 평생 내 편이 생기는 것.'

'설렘은 지나갔지만 편안함이 남는 것.'

'실수임을 알아버렸지만 축복이라 생각되기도 하는 일.'

'결혼 전의 나는 잃었을지 몰라도 결혼 후의 나다움을 찾아가는 일.'

결혼하길 잘했다는 생각이 들 때는 역시 '이 사람은 내 편이다'라는 확신이 올 때라고 한다. 평소엔 잘잘못을 가리며 치열하게 싸우기도 하고 서로를 못마땅하게 여기기도 하지만, 인생에서 갑자기 큰 문제가 생겼을 때 제일 먼저 생각나는 사람이 남편이고, 어떤 어려움이 닥쳐도 든든한 내 편이 있다는 사실에 안심이 된다고 했다.

연애할 때의 뜨거움과 설렘은 지나갔지만, 그것들이 지나간 자리엔 대체할 수 없는 편안함이 남았고, 착각이고 실수라고 생각한 결혼에서 천사 같은 아이를 만나게 된 것은 무엇과도 바꿀 수 없는 축복이라고 했다. 결혼 전의 나다움은 잃어버렸을지 몰라도 결혼 후의 또 다른 자아를 찾아가는 기쁨이 있다고 말이다. 물론 그러기 위해선 엄청난 노력과 주변의 도움이 필요하지만.

많은 이들이 '결혼은 미친 짓이다'라고 말한다. 하지만 잠깐 미쳤다는 생각이 드는 순간, 돌아보면 이미 결혼을 했을 가능성이 높다. 그래도 여전히 많은 남녀가 결혼을 하고, 결혼을 하기 위해 노력한다. 진짜 결혼 생활에 대해 잘 모르는 젊은 사람들의 환상 탓일까, 아니면 비혼이 늘어난 시대여도 결혼은 해야 한다는 오래된 관습 탓일까. 그렇다면 결혼을 하지 않는 것이 정답일까? 모든 게 다 알 수 없는 일투성이다. 영원히 풀리지 않는 뫼비우스의 띠처럼 질문과 대답이 무한 반복된다.

미혼 여성이자 결혼을 생각하고 있는 40대로서 생각이 많아진다. 나는 아직도 내 인생만은 다를 것이라는 착각 속에 빠져 있는 걸까? 여전히 알 수 없다. 다만 결혼이 인생의 정해진 순서라는 생각은 들지 않는다. 그래서도 안 된다고 생각한다. 반드시 해야 하는 순서라든가, 빼먹으면 안 되는 일이라고 생각하는 순간 결혼이란 허울 좋은 명목에 매몰되고 말 것 같다.

사람마다 인생에서 해야 하는 일과 순서는 모두 다르다. 누군가에겐 결혼이 꼭 해야 하는 순서일 수 있지만, 누군가는 건너뛸 수도 있고, 또 순서가 바뀐다고 해서 큰일이 일어나지도 않는다. 그리고 이 모든 일의 결정은 오로지 자신에게 달려 있다.

그러나 결혼에 대한 깊은 고민을 미루기만 해선 안 될 것 같다. 훗날 자신의 선택을 후회하지 않으려면 진짜 결혼이란 무엇인지, 결혼의 현실과 이상은 어떻게 다른지, 결혼에 대해 막연히 품고 있는 기대가 나를 갉아먹거나 옭아매진 않을지, 진정으로 고심해야 할 일이다.

:

결혼할 상대는
한눈에 알아본다는 게
정말일까?

　지금 이 순간에도 수많은 남녀가 만나 사랑을 하고 이별을
한다. 그중에서 수많은 커플이 사랑의 결실이라고 일컬어지
는 결혼을 한다.

　아직도 우리 사회에선 결혼이 연애의 결과물이자 사랑의
완성으로 여겨진다. 결혼을 사랑의 종착역이라고 보는 의견
에 다 동의할 순 없어도, 이 사랑이 이번 생의 마지막 사랑이
기를 바라고, 지금 마주 보는 두 사람이 서로의 진정한 인연
이기를 바라며 결혼을 결심하는 사람들이 대부분일 것이다.

　결혼을 앞둔 커플이나 결혼한 부부에게 물으면, 결혼은 확
신이 오는 사람과 해야 한다고 한결같이 입을 모아 강조한

다. 나는 사람한테 갖는 확신에 대해 조심스러운 입장이고, 그 감정이 무엇인지도 늘 궁금했다.

단 하나 확실한 것은 여자든 남자든 누구나 결혼을 결정할 때는 신중해지고, 결혼을 결심하는 저마다의 이유가 존재한다는 것이다. 그러나 최근 들어서 결혼을 꼭 '바로 이 사람이야'라는 확신으로 선택하는 사람들이 생각보다 많지 않을 수도 있다는 생각이 들었다.

이 생각은 아주 가까운 곳에서부터 시작되었다. '결혼과 확신'에 대한 글을 쓰기에 앞서 나는 주변 지인들을 토대로 조사를 했다. 의외로 그들 중 대부분이 '강한 확신'보다 결혼할 타이밍에 만난 사람과 인연이 되었다거나, 연애하다 보니 자연스럽게 결혼으로 이어진 경우가 많았다고 대답했다.

나는 이런 대답들로부터 안도감을 느꼈다. 모두가 '내 결혼은 특별해'라는 소신으로 시작하지 않았다는 것을 알게 됐기 때문이다. 그리고 여자가 결혼에 확신이 드는 순간은 의외로 단순했다.

어디까지나 주변 지인의 이야기를 주관적으로 해석한 것이지만, 많은 여자가 이 사람이 '내 편'이라는 생각이 들면 결혼을 염두에 둔다고 했다. 나는 이것이 굉장히 중요한 포인트라고 생각한다.

　여자는 결혼 전에 이 사람이 내 편이라고 생각되면 많은 것을 함께 감내할 준비가 된다. 그리고 이런 생각이 결혼 후까지 이어져서 단단한 부부가 될 수 있다면 더할 나위 없이 좋다. 물론 일부 결혼한 사람들은 너무나 한순간에 내 편이 '남의 편'이 되기도 한다고, 결혼한다고 해서 무조건 내 편이 되지는 않는다고 하는데 이것도 틀린 얘기는 아니다. 하지만 최소한 두 사람이 결혼에 이르려면 이 사람이 내 편이라는 인식 정도는 있어야 하지 않을까. 비록 결혼 후에 나타날 상황은 어떻게 달라질지 모른다고 해도.

　여자와 남자 모두 공통적으로 결혼을 해야겠다고 결심한 시기에 만난 사람과 결혼하는 경우가 많았는데, 이것은 그 흔하고도 특별한 '인연론'과 연결해서 볼 수 있을 것 같다. 어떤 시기에 어떤 사람을 만나느냐는 문제는 우리 인생에서 매우 중요하다. 다른 시기도 아닌 결혼할 시기에 만난 인연은 '시절인연'으로 볼 수도 있다. 단지 결혼 적령기에 만났다고 해서 성급하게 운명의 상대라고 결정짓는 데는 좀 더 신중할 필요가 있지만, 사실 사람의 만남에선 시기가 굉장히 중요하다. 지금 결혼을 진지하게 생각하는 중이라면 경계하고 고려해야 할 몇 가지 사항이 있다.

첫째, 상대방의 확신을 자신의 확신이라고 착각하지 않는 것이다. 결혼을 결심하는 여자 중 상당수가 남자의 강한 대시나 확신을 보고 미래의 결정권을 상대방에게 넘겨버린다. 상대가 자신감에 차서 확신을 표시하고, 너무나 구체적인 계획을 갖고 와서 결혼이나 그 후의 비전을 제시한다. 분명 이 남자는 전에 만났던 다른 남자들과 뭔가 많이 달라 보인다. 그렇게 여자는 상대가 확실해 보이면 그냥 믿어버린다. 기본적인 의심조차 하지 않는다. 한마디로 무장해제다. 남자의 말만 믿고 자신의 인생을 맡기는 것이다.

이때 상대의 확신은 그 어떤 달콤한 말보다 강력하다. 결혼이라는 불안한 과제를 앞두고 누군가 '이 길이 분명히 맞는 길'이라고 확신을 주는 것과 같다. 상대가 그렇게 단언하면 '어디 한번 믿고 가 보자' 싶다. 하지만 결과가 언제나 해피엔딩일 수는 없다. 대개 만난 지 한 달 만에 혹은 3개월 만에 남자가 밀어붙여서 결혼한 경우, 그때 쉽게 결정한 것에 대해서 후회하는 여자들을 많이 봤다. 물론 짧은 기간을 만났다고 모두가 다 불행해지는 것도 아니고, 오래 만났다고 모두가 탄탄한 결혼 생활을 하는 것도 아니다.

여기서 경계해야 할 것은 연애 기간의 길고 짧음을 떠나서, 상대방에게 나의 인생을 맡기는 안일한 태도다. 나의 인생과 여기에 따라오는 모든 것을 결정할 권리는 오직 본인에게만 있다는 걸 잊지 말아야 한다. 자칫 그를 믿고 내린 행복한 선택이 너무 섣부른 결정이 될 수 있고, 좋은 결말을 가져오지 못할 수도 있기에 결혼은 자신의 감정과 내면 상태를 충분히 들여다본 후에 결정해야 한다. 혹시라도 결혼 생활이 상상했던 미래가 아니라면, 남자의 치명적인 단점이나 극복하지 못할 문제를 나중에 알게 된다면, 그때 가서 결혼을 밀어붙인 남자를 탓할 것인가? 결정을 한 사람은 다름 아닌 나 자신이다. 누구를 원망해서도, 원망할 수도 없는 일이다.

둘째, '결혼하면 다 잘 될 거야'라는 무조건적인 낙관론도 위험하다. 결혼이라는 말은 지금 사랑하는 두 사람을 더욱 단단하게 연결해줌과 동시에 눈을 멀게 만들 만큼의 에너지를 갖고 있다. 결혼은 두 사람이 법적·사회적 제도권 안으로 들어가는 일인데, 이들은 제도권 이후의 삶을 아직 살아본 적이 없다. 그런데 '결혼'이라는 말은 적어도 지금보다 상황이 나아질 것이라고 믿게 만드는 묘한 힘이 있다. 결혼에는

'새로운 시작'이라는 공식이 적용되고, 시작이라는 단어 앞에는 희망이나 행복 같은 긍정적인 의미가 저절로 따라붙는다. 현실적이 아닌 낭만적인 눈으로 세상을 보게 만든다. 내가 사랑하는 이 사람은 지금 모습 그대로 나를 사랑해줄 것이고, 우리 사이에 장애물은 없을 것만 같다. 행여나 난관에 부딪히더라도 우리는 잘 헤쳐나갈 것이라고 생각한다. 내가 보고 싶은 모습만 보고 결혼 후의 생활을 설계하기도 한다. 하지만 결혼 생활 중에 그 모든 게 상상대로 되지 않는다는 사실을 깨닫게 된다.

그러나 이 모든 걸 직접 해보기 전에는 다 알 수 없다는 것이 인생의 함정이자 결혼의 함정이다. 물론 결혼 전보다 후가 훨씬 행복할 수도 있고, 삶의 질이나 정서적인 면에서도 훨씬 나을 수 있다. 다만 이는 무조건적인 낙관론을 피하고, 서로가 행복해지는 방법을 두고두고 고민하면서 살아갈 때 생기는 일일 것이다.

마지막으로 이 사람은 나를 떠나갔거나 나에게 상처 줬던 과거의 남자들과 다를 거라는 막연한 믿음도 경계해야 한다. 환상 속에 기대서 진짜 현실을 외면해선 안 된다.

결혼은 두 사람의 결합이자 집안의 결합이고 이해 타산적인 수치가 어느 정도 맞아야 이뤄지지만, 여자들이 결혼을 생각하고 결심하는 계기는 의외로 가장 근본적인 데에 있었다. '이 사람은 나를 배신하지 않을 거라는 믿음', '이 사람은 전적으로 내 편'이라는 확신이었다. 사랑이나 감정적인 교류 없이 조건만 맞으면 결혼하는 사람도 분명 있겠지만, 대부분의 여자는 자신에게 사랑의 안정감을 주는 믿음직한 사람과의 결혼을 꿈꾼다.

만약 지금 당신이 결혼을 앞두고 치열한 고민 끝에 선택을 했다면, 이제는 그 확신을 믿고 최선을 다해보는 일이 남은 것 같다. 결혼은 현실이라는 사실을 잊지 않으면서 말이다.

:

나의 진짜 인연은

도대체

어디에 있을까

크고 작은 연애에 실패하면서 30대를 맞이하고, 30대 중반을 지나 30대 후반이 되었을 때 주변 사람들에게 자주 신세 한탄을 했다. 내용은 상황에 따라 약간씩 달랐지만 대부분 일이 생각처럼 풀리지 않아 삶이 고단하다는 것, 그리고 왜 내 연애는 남들처럼 쉽지 않냐는 것이었다. 내가 힘들 때면 이상한 법칙이 발동하는지, 남의 일은 잘 풀리는 것처럼 느껴지고 다들 연애나 결혼도 너무 쉽게 하는 듯 보였다.

내가 피하고 싶은 것 중의 하나가 '나만 힘들고 나만 어렵다'는 식의 자기중심적 사고인데, 안 좋은 시기마다 이런 생각은 오히려 더 심해졌고 어느 시점에선 정말 나를 최악의 상황으로 내몰기도 했다.

연애의 범위를 크게 놓고 봤을 때, 서로 관심 있는 남녀가 썸을 타는 것까지 연애에 포함한다면, 시작하지도 않은 연애가 우리의 일상에 얼마나 큰 영향을 주는지 이미 많은 사람이 겪어봤을 것이다. 상대방의 사소한 행동과 연락 하나로 작게는 하루의 기분이 좌우되고, 크게는 업무나 일의 성과까지도 영향을 미치는 게 바로 연애니까.

어쨌든 연애가 시작되고 끝나기를 반복하는 지난한 과정을 겪으면서 이렇게 생각한 적이 있다. 웹툰에 나오는 것처럼 내가 만나는 사람들의 머리 위에 꼬리표라도 달려 있으면 좋겠다고 말이다. 가령 '5개월짜리 인연', '한 번 보고 말 사람', '만날수록 진국', '놓치면 후회', 그리고 '바로 이 사람, 진짜 인연' 이런 식으로.

그러면 연애가 더 쉬울까? 연애에서 하는 실수들을 줄일 수 있을까? 진짜 인연을 한눈에 알아보고 놓치지 않을 수 있을까? 그만큼 나는 내 인연이 없음에 절망했던 날이 있었다.

결혼한 친구나 지인들에게 그들의 연애나 결혼 비하인드 스토리를 듣다 보면 다들 비슷한 말을 할 때가 있다. 그들은 무언가에 성공한 자의 의기양양함으로 이렇게 말했다.

"처음 그녀가 걸어 들어올 때 그녀 뒤로 '아우라(후광)'가 비췄어."

"그를 보자마자 '바로 이 사람이다'라는 느낌이 왔거든."

"여러 사람 중에서도 유독 그 사람만 보이더라고."

"나는 그 사람과 그냥 결혼할 것 같았어."

이런 식의 강한 확신과 믿음이 얼마 만나지도 않은 상대한 테 강하게 느껴졌다는 것이다. 나는 살면서 그런 확신을 한 번도 가져본 적이 없었기에 저 심정이 어떤 것인지 참으로 궁금했다. 그런 확실한 마음은 어디에서 오는 것인지, 정말 그런 게 존재하는 것인지에 대해서 말이다.

대체 어느 정도의 마음이면 저렇게 자신 있게 말할 수 있 을까? 혹시 나도 느낀 적이 있는데 '에이, 이 정도는 아닐 거 야' 하고 그냥 지나쳐버린 것은 아닌가 하는 생각도 들었고, 정말로 나는 느끼지 못한 감정인지도 궁금했다. 앞으로 나한 테도 저런 마음이 찾아올 것인지에 대해서도. 흔히들 첫 키 스를 할 때 귓가에 종소리가 들린다고 하던데 내 운명의 종 은 언제 울리는 걸까? 아직도 이런 감상에 빠져 있는 게 비 현실적일까?

누군가는 나이 마흔에 종소리 타령을 한다고, 아직도 정신을 못 차린 게 분명하다고 말할지도 모르겠다. 하지만 누가 뭐래도 인연은 소중하니까 아무리 다급한 순간이 와도 좋은 사람을 만나려는 의지나 기대를 놓지 말아야 한다고 생각한다.

친한 친구 중 한 명은 내가 쓴 글이 매우 염세적이라고 했는데, 사실 나는 여전히 사랑이 가장 중요하다고 믿는 낭만주의자다. 그리고 낭만을 놓지 않았더니 어느 날 다시 사랑이 찾아왔다. 중요한 것은 이번에도 역시 종은 울리지 않았다는 사실이다.

처음 이 사랑을 시작할 때 이번에도 나는 묻고 싶었다. 당신이 진짜 마지막 인연이 맞느냐고. 늘 그랬듯 강한 확신과 대답은 역시 들려오지 않았다. 다만 어쩌면 이 사람일지도 모른다는, 여전히 조심스럽지만 그럼에도 불구하고 기대해보고 싶은 마음이 들었다. 남들도 다 하지만 나만 어려운 연애를 이어가고 있는 지금, 조심스럽게 말하고 싶다. 꼭 귓가에 종이 울리지 않아도 지금 당신이 만나고 있는 그 사람이 '바로 그 사람'일지도 모른다고 말이다.

Part 3

．
．
．

때로는
과감한 멈춤과 리셋이
필요한 관계

⋮

선 택 한 친 구 를
삭 제 하 시 겠 습 니 까?

선택한 친구를 삭제하시겠습니까?

친구를 삭제하면 내 연락처에 등록되어 있어도 카카오톡

친구로 추가되지 않지만 메시지는 받을 수 있습니다.

우리나라 사람이 가장 많이 쓰는 메신저 카카오톡에서 '친
구 삭제'를 누르면 뜨는 창의 문구다. 이 문구를 봤을 때 스
마트폰을 들고 한참을 망설였다. 그 사람의 프로필을 눌렀다
가, 다시 나오길 반복하다가 결국 확인 버튼을 눌렀다. 일순
간에 친구 목록에서 그 사람이 사라졌다. 또 한 명의 관계가
소리 없이 정리되는 순간이었다.

2020년이 시작되면서 나는 새해 계획에 다이어트와 함께 관계 다이어트도 추가했다. 수년 전부터 일상생활에서의 만남은 어느 정도 정리했지만, 형식적인 측면에선 여전히 불필요한 관계들이 많았다. 이것들을 정리하고 좀 더 가벼워지고 싶었다.

관계 다이어트에서 가장 먼저 해야 할 일이 있다면, 카카오톡에 의미 없이 등록된 사람들과 이별하는 것이다. 하루에도 수십 번씩 터치하는 노란색 창을 열어 친구 목록에 등록된 사람들을 쭉 살펴보았다. 생각보다 그 숫자는 많지 않았는데, 이미 숨기거나 차단해 놓은 사람들이 많았던 것이다.

이번엔 숨김 친구와 차단 친구 목록으로 들어갔다. 일반 친구 목록에 등록된 숫자보다 훨씬 많은 사람들이 나타났다. 그중에는 정체불명의 이름들과 최근 몇 년간 한 번도 연락하지 않았던 사람도 있었다. 언제 인연을 맺었는지도 모르겠는 사람들, 일 때문에 한두 번 연락하고 만 사람들, 결혼식 이후 아예 연락이 없는 사람들까지, 거의 친구라고 볼 수 없는 사람들이었다. 가끔은 그들이 내 개인 정보를 가지고 있다는 게 몹시 내키지 않을 때가 있다. 요즘은 연락처만 저장해도 지극히 개인적인 사진까지 쉽게 볼 수 있으니까.

매년 이런 사람들을 삭제하곤 하는데 1, 2년쯤 지나서 들어가 보면 비슷한 부류의 사람들이 또 생겨나 있다. 아이러니한 일이다. 더 이상 연락을 주고받고 싶지 않거나 연락 올 일이 없다고 생각되는 사람들을 또 삭제한다. 단 한 번의 터치로 목록에서 사라진 그들, 참 간편한 인간관계 정리법이다. 연락처만 알면 쉽게 추가되고, 연락처만 지우면 쉽게 삭제되는 초간편 관계 리스트. 누군가의 친구 목록에서 내 이름도 삭제되겠지 하는 생각이 짧게 스쳤다. 뭐 어때, 싶으면서도 마음 한편에선 씁쓸함이 올라왔다.

몇 년째 입지도 않는 옷을 그냥 쌓아두는 것처럼, 연락도 하지 않으면서 왜 그렇게 많은 연락처를 가지고 있을까. 혹시나 하는 마음일까? 뭐가 그렇게 미련이 많을까? 싹 다 삭제하고 진짜 연락해야 할 사람만 남겨 놓을까 고민하다가 결국 이번에도 관계 다이어트를 아주 가볍게 해내지는 못했다.

그래도 해가 갈수록 연락처 목록은 간소해진다. '아닌 것 같은 인간관계'를 주렁주렁 매달고 싶지 않아서다. 이제 내겐 강렬한 소통이나 경험 없이 누군가를 '새 친구'로 추가하는 것이 참 어려운 일이 됐다. 더 솔직히 말하자면 친구로 굳이 추가하고 싶은 마음도 없으며, 알고 싶지 않은 남의 사생활을 굳이 보고 싶은 마음도 없다.

카카오톡이 소통의 혁명을 가져온 것은 분명하다. 그러나 원치 않는 이들과 연락이 쉽게 닿는다는 점, 연락처와 연동된 사생활이 아무에게나 무방비로 공개된다는 점에서는 불편할 때가 많다. 때와 장소를 가리지 않고 울려대는 알림음역시 반갑지 않다.

연락처 목록을 들여다보며 누구를 남기고 지울까 고민하는 내 모습이 불편하게 느껴진다. 그냥 덮어두고 싶었던, 상처받았던 관계들이 거기에 남아 있었고, 회복되지 못한 채 끝나버린 관계들도 그대로 있었다. 오랜만에 연락 한번 해볼까 싶은 관계들은 거기에 없었다.

차마 삭제하지 못한 사람들은 이번에도 그냥 숨긴 친구 목록에 남겨두었다. 어쩌면 살을 빼는 다이어트보다 관계 다이어트가 훨씬 어려운 일이 아닐까. 관계 다이어트에는 감정이 개입되고 반드시 의지와 선택이 필요하다. 연락처 하나만 알면 쉽게 추가됐던 인연들, 반대로 삭제하는 데는 많은 고민이 동반된다. 결코 쉽지 않다.

그런데 이 시점에서 문득 궁금해진다. 왜 카카오톡에서 연락처를 등록할 때는 '친구를 추가하시겠습니까?'라는 메시지는 안 뜨는 걸까? 친구를 삭제할 때는 '친구를 삭제하시겠습니까?' 하고 물어보면서……. 내가 친구로 추가할지, 안 할지 정하지 않았는데 왜 너희들 마음대로 '친추'하는 건지!

:

최악의 상황에서도
내 편인 이들은
얼마나 될까

묻혀 있던 이목구비를 살리고 전혀 다른 사람으로 만들어 주는 신비한 손길, 여자의 얼굴을 새롭게 만드는 메이크업의 힘이다. 메이크업이 중요한 것은 이를 통해 바뀌는 게 외적인 변화만이 아니기 때문이다.

메이크업을 하기 전과 후의 여자는 확실히 다르다. 메이크업을 하면 알 수 없는 묘한 자신감이 생기고, 사람을 대하는 태도나 걷는 자세까지 변한다. 그런 의미에서 메이크업은 여자를 변신시키는 최고의 마법이라 불러도 되지 않을까 싶다.

우리가 일상적으로 메이크업을 하는 것처럼 때론 인간관계에도 메이크업이 필요하다. 사실 웬만한 관계에서는 어느 정도 민낯을 가리는 메이크업이 필요한데 이는 지극히 자연스러운 일이다. 그러나 메이크업이 불필요하게 과해져서 가면 수준이 된다면 곤란하다. 이런 관계는 겉으로만 좋아 보일 뿐이지 실제로는 아니다.

그렇다면 나의 삶에서 메이크업이 필요하지 않은 인간관계는 얼마나 될까. 결점을 감추지 않은 본래의 모습을 그대로 내비쳐도 아무렇지 않은 관계, 아마 다 해도 열 명도 되지 않을 것 같다. 태어나면서부터 함께한 가족, 고등학교 때부터 친한 친구들 몇 명, 혹은 목욕탕을 같이 갈 수 있을 정도로 허물없는 사이의 지인들, 그리고 남자친구 정도일까. 솔직히 남자친구에게 민낯을 보여주는 일이 아무렇지 않은 건 아닌 것 같다.

어느덧 사회생활 17년 차를 훌쩍 넘어섰는데 갈수록 메이크업이 필요한 관계가 많아진다. 그런데 가능한 한 불편한 메이크업은 피하려고 하다 보니, 인간관계는 나날이 좁아지고 있다.

방송 작가라는 일의 특성상 그동안 여러 부류의 사람들을 만나왔다. 참으로 다양한 성향과 개성 있는 성격을 가진 이들이 주변에 많았고, 나는 이들과 업무상의 관계와 사적인 관계를 모두 맺어왔다.

그런 내게 어느 날부턴가 또 하나의 눈이 생겼다. 바로 사람을 보는 눈이자, 사람과의 관계를 꿰뚫어 보는 눈. 이 눈은 평소엔 잠자코 있다가 주로 사람들과 처음 만날 때 자동으로 작동한다. 혹은 관계가 꼬이거나 얽혔을 때 이를 파악하고 해결하려는 순간에도 자주 작동한다. 눈은 신통방통하게도 사람들의 민낯을 잘도 찾아낸다. 정확히 말해 누군가가 감추고 들키지 않으려고 하는 이기적인 밑바닥을 본다.

평소 적당히 메이크업으로 가렸던 것들은 예상치 못한 상황에서 불쑥 튀어나오거나 까발려진다. 그렇게 보게 되는 누군가의 민낯은 대개 안타깝거나 추잡한 모습이다. 보기 전과 후의 모든 관계를 바꿀 만큼. 애석하게도 이미 공개된 민낯은 두꺼운 메이크업으로 다시 가리려 해도 가려지지 않는다. 어차피 민낯을 공개했기 때문에 아무리 화려하게 덧칠을 해도 민낯을 보기 전과 같을 수는 없다.

서른 이전까지의 인간관계는 어느 한쪽이 큰 잘못을 저지르기 전까진 웬만해선 보통 수준으로 유지된다. 하지만 30대 중후반으로 갈수록 누군가가 큰 잘못을 하지 않아도 관계가 틀어지는 일이 많아진다.

대체 왜 그럴까? 나는 이것이 바로 '관계의 민낯'에 달려 있다고 생각한다. 남에게 보여주고 싶지 않은 면을 들켰거나, 반대로 보고 싶지 않은 부분을 봤을 때 관계는 벌어진다. 이는 회복도 거의 불가능하다. 누군가는 그렇게 자신 있게 말할 수 있느냐고 반문할지도 모르나, 나는 이와 비슷한 경험을 한 적이 있고 대개 사람에게 느끼는 큰 실망은 '민낯'과 연관이 있었다.

평소 많이 좋아했던 선배가 위기의 상황에서 일순간 얼굴을 바꾸고 자신의 민낯을 보였을 때, 나는 본능적으로 알았다. 그동안 내가 좋아했던 모습은 그의 일부분이었다는 것을, 선배가 잘 꾸미고 감춰온 얼굴 안에 전혀 다른 모습이 존재했다는 것을. 그녀는 불리한 상황이 생기자 자신에게 유리한 방향으로 얼굴을 바꿨고 본인의 행동을 합리화했다. 자기가 살기 위해 후배를 밟고 일어서는 선배의 위선적인 모습 속엔 오직 '본인'밖에 없었다. 평소 후배들에게 쿨하고 좋은 선배인 척했던 그는 사실 '좋은 척'을 했던 것뿐이었다. 몹시 실망스러웠다. 언제든 자신에게 불리한 상황이 생기면 얼굴을 바꿀 수 있는 사람이라는 것을 알게 됐기 때문이다. 자신의 민낯이 다 밝혀졌지만 그래도 선배는 여전히 도도했다. 아마도 메이크업을 해서 민낯을 잘 가렸다고 생각했을 것이다. 거의 10년을 좋은 선후배로 지낸 관계는 일순간 무너졌고 회복 불능의 상태가 됐다.

좋은 상황에서는 나쁜 사람이 거의 없다. 좋은 상황에서도 나쁜 사람이라면 관계는 성립조차 되지 않을 테니까. 중요한 건 상황이 나빠졌을 때 평소 좋았던 사람이 어떤 얼굴을 보여주느냐다.

하지만 많은 이들이 아직도 착각한다. 좋은 상황일 때의 그 모습이 계속 유지될 거라는 안타까운 착각. 만약 지금 인간관계에 재정립이 필요하다고 생각된다면, 이것부터 점검해보라고 말하고 싶다. 나쁜 상황일 때도 내 편에 서주는 이들은 얼마나 될까, 그리고 내가 믿고 있는 저 사람은 상황이 바뀌어도 똑같은 모습일까. 무조건 부정적으로 보라는 게 아니다. 살면서 한 번쯤은 관계의 민낯에 대해 고심해봐야 한다는 뜻이다.

살다 보면 나쁜 상황은 자신도 모르는 순간에 갑자기 밀려

온다. 메이크업을 하거나 민낯을 가릴 틈도 없이 말이다. 언젠가 민낯이 밝혀지는 순간이 왔을 때 적어도 본인에게는 부끄럽지 않았으면 한다. 최소한 쪽팔리지는 말아야지. 남들은 모를 거라는 착각도 말아야지. 내가 아는 민낯이면 당연히 남들도 안다.

⋮

결혼한 친구와
멀어질 수밖에 없는 이유

　여자에게 인간관계의 전환이 확실하게 나타나는 시기가
있다면 바로 결혼과 출산이다. 결혼을 하고 출산을 해도 전
과 다름없는 인간관계를 유지하는 사람도 있을 것이다. 하지
만 결혼을 하면 경우에 따라서 이사를 가게 되기도 하고, 친
구나 지인에게 쏟던 시간을 새로 생긴 가족에게 써야 하기도
한다.

　임신과 출산은 또 어떠한가. 임신과 동시에 여자에게 남자
는 겪지 않는 수많은 변화가 찾아온다. 우선 몸과 마음의 상
태가 확연하게 달라진다. 물론 신비롭고 아름다운 경험이지
만 출산과 동시에 여자의 생활은 완전히 바뀐다. 아이를 낳

고 육아를 하면 최소 1~2년 혹은 수년 동안 자신의 스케줄을 마음대로 조정할 수 없는 상황에 놓인다. 오로지 아이에게 집중해야 하는 절대적인 시간이 필요하며, 자신이나 주변을 살필 여유가 없다. 아이가 자라는 만큼 시간은 빠르게 흐르고, 정신없이 육아를 하는 사이 돌보지 못하는 인간관계가 생겨난다.

어쩌면 결혼이란 우선순위의 재배열이 일어나는 가장 확실한 사건인지도 모르겠다. 시간을 많이 써야 하는 일과 적게 쓸 수밖에 없는 일이 나뉘고, 관계에 우선순위가 생긴다. 이 시기에 생기는 관계의 변화는 불가피하다.

솔직히 나는 결혼과 출산을 겪어보지 않아서 이것이 여자의 인생에 얼마나 중요한 의미인지 잘 모른다. 다만 짐작할 뿐이다. 결혼과 출산이 인생에서 매우 특별한 일이며, 그동안의 가치관이나 삶의 방식을 바꿀 만큼 중요한 사건이라는 것을, 그리고 앞으로 어떤 삶을 살 것인지 결정하게 되는 일이라는 것을 말이다.

대한민국에서 결혼과 출산을 한 여자가 이전과 똑같이 살 수 있는 확률은 과연 얼마나 될까? 어쩔 수 없이 포기해야 하는 것들이 많아지고, 가정과 일, 둘 중에서 하나만 선택해야 하는 경우도 생길 수 있다. 앞에서 말한 관계 단절에는 경력 단절도 포함된다.

제도적인 문제든 개인적인 문제든, 여자의 인간관계는 결혼이나 출산과 함께 축소되는 게 현실이다. 육아를 전쟁으로도 표현하는데 오죽하면 그런 말이 있을까. 전쟁을 치르는 중에 누구를 살피고 돌아볼 여유가 없다는 것을 다른 이들은 인정해줘야만 한다. 무한한 인정과 배려가 없다면 관계는 지속될 수 없을 테니까.

단, 기억해야 할 것이 있다. 한쪽에서 그 모든 걸 '당연하게' 여기는 순간 관계는 어긋난다. 어느 쪽이든 관계를 유지하기 위한 최소한의 노력이나 양해는 필요하다. 만약 무조건적인 이해만 바란다면 어느 지점에선 분명히 어긋나게 될 것이다. 한 번 어긋난 관계는 되돌리기도 쉽지 않다.

결혼을 하지 않은 사람의 입장에서 본다면, 결혼으로 인해 생긴 친구의 공백은 굉장한 상실감을 안겨준다. 이들의 입장에서 친구의 결혼과 출산은 비슷한 위치에서 같은 고민을 했던 친구와의 공감대가 갑자기 사라지는 일이다. 힘들 때면 언제든 부를 수 있었던 친구를 일정 기간 동안 거의 보지 못하게 되는 것이다. 친구의 우선순위에서 밀려났지만 무조건 이해도 해줘야 한다. 단순하게 말하면, 그동안 줄곧 함께했던 친구를 한순간에 포기해야 하는 일과도 같다. 오랫동안 이어진 연결이 끊어졌다는 상실감은 다른 연결 없이는 회복되기도 힘들다.

우리는 이미 어른이고 달라진 상황을 이해하지 못할 만큼 옹졸하지 않으니 그런 일들을 다 포용할 수 있어야 한다고, 지금 이렇게 말하는 게 너무 자기중심적이라고 할지도 모르겠다. 어쩌면 결혼을 하지 않은 남겨진 자의 하소연으로 들릴지도 모른다.

하지만 아무리 막역한 사이라도 자주 돌아보지 않고, 관심을 가지지 않으면 관계의 틈은 생길 수밖에 없다. 어떤 관계든 노력은 필수다. 어느 한쪽의 일방적인 노력이어서도 안 된다.

가까운 여자들의 결혼과 출산을 옆에서 지켜보며, 사춘기처럼 인간관계에 대한 홍역을 한바탕 호되게 앓았다. 하지만 이게 끝은 아니었다. 이 시기가 지나간 자리엔 다른 관계가 생겨났다. 결혼과 출산으로 축소됐던 인간관계에 새로운 확장이 일어난 것이다. 이는 미혼과 기혼 모두 비슷한 시기에 겪는 일이 아닐까 싶다.

기혼의 경우 출산과 육아를 통해 새로운 인맥이 생기고, 미혼의 경우에도 그 공백을 메워줄 다른 인맥이 생긴다. 관계가 빠진 자리에 새로운 관계들이 생겨나는 법칙이다. 혹은 한동안 소원했던 관계가 다시 돌아오기도 하면서, 줄어든 관계가 일시적으로 늘어나는 것처럼 보인다. 이 관계들이 얼마나 오래 지속될지는 아직 잘 모르겠지만.

이런 일을 겪으면서 '하나를 잃으면 다른 하나가 채워지는 어떤 법칙' 같은 게 관계에도 적용되는 게 아닌가 하는 생각이 들었다. 그리고 한 가지 깨달은 게 있다면, 관계의 중요도가 '시간'에만 있지는 않다는 것이다. 우리에게 소중한 관계는 시간보다 '의미'에 있다. 긴 시간을 함께하며 추억을 쌓은 것보다 '어떤 시간'을 함께 보냈느냐에 더 방점을 두고 싶다. 어떤 관계는 오랜 시간 함께해도 하루아침에 사라지기도 하고, 반대로 어떤 관계는 짧은 시간 속에서 강렬하고 진하게 남기도 한다.

앞으로 내 인생의 관계들이 어떤 식으로 연결될지 지금은 아무것도 알 수 없다. 내게도 관계의 단절을 겪어야만 하는 시간이 생길지도 모르고, 지금보다 훨씬 더 임팩트 있는 관계를 맞이하는 날이 올지도 모르겠다. '더 이상 인간관계에 기대하지 않겠어'라는 마음에 없는 거짓말보다, 앞으로 내 인생을 채워줄 의미 있는 인연을 기대하며 살아가고 싶다.

:

우 정 에 는

나 이 가 중 요 하 지 않 다

　80년대생인 나는 정서적인 감수성이 남아 있던 90년대 아날로그 세대와 모바일 하나로 모든 게 해결되는 디지털 세대를 동시에 겪은 이른바 '낀 세대'다.

　'낀 세대'는 80년대 베이비붐 세대며 IMF 외환위기를 겪은 불운의 세대기도 하지만, 물질적인 풍요를 떠나 정신적인 풍요를 누린 행운의 세대기도 하다. 적어도 정서적인 부분에선 그랬다. 8090의 감성을 이해할 수 있는 LP 문화 세대면서 동시에 SNS와 유튜브를 자유롭게 사용하는 실시간 소통의 세대기 때문이다. 요즘 말로 '쩐갬성(진짜 감성)'도 있고, 현재를 즐길 줄 아는 세대가 바로 대한민국의 80년대생이 아닐

176

까. 흔히들 말하기를 둘째는 눈치가 빨라서 첫째나 막내보다 뭐든 빨리 익히고 살아남기 위한 그들만의 무기가 있다고 하는데, 80년대생이 딱 둘째의 모습을 닮았다.

80년대생은 위로는 70년대 선배를, 아래로는 90년대 후배를 가졌다. 사이에 끼어 있어서 양쪽 다 공유할 수 있는 위치다. 이렇게 긴 세대인 우리는 중간자의 역할을 하곤 하는데 예를 들면 이런 것이다. 70년대생 선배에게 90년대생 후배는 나이 차이가 많이 나는 어린 후배이고, 90년대생 후배에게 70년대생 선배는 너무 먼 당신 같은 존재다. 하지만 80년대생인 우리는 양쪽 모두에게 슬쩍 낄 수 있고, 자연스럽게 이 둘을 연결하는 역할도 맡게 된다. 좋은 의미로 여기저기 붙을 수 있는 80년대생은 인간관계의 영역도 더 넓다고 보면 되겠다.

방송 작가였던 나는 낯선 이들과 대면할 일이 많았다. 일반인부터 전문가와 연예인까지 여러 분야의 사람들을 만나는 것은 기본이었고, 한시적인 프로그램이 바뀔 때마다 함께 일하는 동료도 수시로 바뀌었다. 처음에는 매번 새로운 사람과 관계를 맺는 게 힘들었지만, 이런 일이 몇 년 동안 반복되다 보니 사람을 대하는 데도 나름의 노하우가 생겼다. 점차 프로그램을 하는 동안에만 잘 지내면 되는 관계들이 늘어났다. 그렇게 목적을 동반한 관계가 대부분이었지만, 때론 프로그램이 끝나도 인연이 계속 이어지기도 했다. 일이 끝난 후에 또 다른 일로 만나게 되었거나, 일이 끝난 후에도 개인적으로 만남을 이어간 경우다. 그리고 시간이 지나자 이런 관계에서는 나이의 경계가 모호해졌다. 서로 나이 차가 좀 나더라도 가치관이나 내면의 결이 비슷하면 친구가 될 수 있었고, 서로에게 중요한 영향을 미치는 사이가 되기도 했다.

나는 사람에 대한 '호불호'가 있는 편이어서 좋아하는 사람한테든 싫어하는 사람한테든 감정을 잘 감추지 못한다. 좋아하면 좋아하는 티가 나고 싫어하면 싫어하는 티가 난다. 관계를 유지하려는 노력은 다른 요인이 아닌 오직 감정, 나의 좋고 싫음에 달려 있다.

어쩌면 참 제멋대로의 성격처럼 보일 수도 있겠다. 나름의 항변을 해보자면, 일단 좋아하는 사람에게만 잘해도 시간이 모자라다. 좋아하지 않는 사람에게 가식적으로 대하는 일도 웬만하면 피하고 싶다. 모든 사람이 나와 잘 맞거나 나를 좋아할 거라고 생각하지도 않는다. 사회생활을 해보니 나와 잘 맞고 내가 좋아하는 사람을 만나는 일도 생각보다 많이 생기지 않는다. 그래서 나와 잘 맞는 사람을 만나면, 그들에게 더 집중하고 싶다. 이렇게 현재 나의 인간관계는 철저하게 내가 선택한 관계라서 '알짜'가 많다.

내가 주기적으로 만나고 있는 '7090 모임'도 일로 맺어진 인연이다. 어쩌다 보니 70년대생 선배와 90년대생 후배가 있고, 80년대생도 포함된 모임이 생겼다. 이 모임은 꽤 오랫동안 관계가 유지되고 있다. 나이 차는 좀 나지만 밤새 와인을 마시면서 수다를 떨 수 있을 만큼 대화가 잘 통하고, 여러 가지 주제로 이야기할 수 있을 만큼 관심사도 비슷하다.

우리는 서로 만나는 일에 대해서도 고맙게 생각한다. 때론 서로에게 일을 소개해주기도 하고, 좋은 게 있으면 나눠 먹고, 항상 서로의 안위를 걱정한다. 불합리한 일 앞에선 다 같이 열변을 토론한다. 이들과는 어떤 이야기도 할 수 있다. 긴 세대라서 얻게 된 '찐' 인간관계다. 이 만남을 통해 알게 된 것이 있다면, 어떤 관계는 지켜야 할 선을 잘 지키면서도 깊어질 수 있다는 것이다. 우리는 일로 만난 사이지만 지켜야 할 최소한의 선을 잘 지키면서 꽤 내밀한 관계를 유지하고 있다.

세대가 다른 친구들이 있어서 좋은 점이 많은데, 각자 나름의 전문 분야가 있다는 점에서 더욱 그렇다. 진로에 관한 것이라면, 두말없이 또래 친구보다 A 선배에게 상담하는 것이 명쾌하다. 고민의 'ㄱ'자를 꺼내는 순간, 생각지도 못한 묘안을 내놓는 게 바로 그녀다.

띠동갑 이상으로 나이 차이가 나는 20대 후배들에게서 '떵언(명언)'을 듣게 될 때도 있다. 나의 세대와 확실히 다른 환경에서 성장한 그들에겐 그들이 살아가는 방법이 있다. 세상을 바라보는 시선과 문제를 대처하는 방법이 좀 다르다고 느껴진다. 그래서인지 20대 후배들에게 듣는 고민은 색다른 신선함이 있다. 얼마 전에 만난 스물여섯 살의 B 후배는 하고 싶은 게 너무 많아서 고민이라고 했는데, 후배의 모습을 보면서 나는 현재의 내 모습을 돌아보게 됐다. 세상에 재밌는 것도, 하고 싶은 것도 너무 많은 20대와 재밌는 것이 자꾸만 줄어드는 40대의 나. 우리 둘에겐 좁혀지지 않는 현실의 간극이 있다. 사소한 고민 앞에서 심각한 후배를 보면서 나는 나를 되돌아볼 수 있었다. 그 세대가 할 만한 고민이라 그녀가 짠하기도 하고 부럽기도 했다.

"연애를 왜 쉬어야 하죠?"라고 당당하게 말하는 C 후배에게선 꼭 좋아하지 않아도 교제할 수 있다는 '새로운 연애 공식'을 발견하기도 한다. 그들의 방식이 모두 납득가는 건 아니지만, 어떤 일이든 당당하고 확실한 철학이 있다는 점에서 나는 또 한 번 새로운 자극을 받는다.

편의상 선후배로 나눴지만, 사실 나는 이들이 동시대를 함께 살아가며 비슷한 고민을 나누는 동료나 친구라고 생각한다. 간혹 이들에게서 세대 간의 차이를 느끼기도 하지만, 직접 겪어본 바로 나이가 많다고 다 어른스러운 것도 아니고, 나이가 적다고 다 어리기만 한 것도 아니다. 사랑처럼 우정역시 나이가 중요하지 않다는 사실이다. 모든 계급장 다 떼고 그냥 동료, 나이 따위 접어두고 그냥 친구인, 그렇게 발견한 이 '찐관계'가 좋다. 낀 세대의 낀 인간관계는 여러모로 좋은 점이 확실히 많다.

:

나 를 위 한
적 당 한 관 계 편 식 증

언젠가부터 의미 없는 술자리에 잘 가지 않게 됐다. 여러
명이 모인 자리에도 가지 않는 경우가 많다. 대신 좋아하는
사람들과 자주 만나고 있다. 그래서 다른 사람과 보내는 시
간의 총량은 크게 달라지지 않은 것 같다.

무슨 계기나 특별한 이유가 있어서가 아니라, 어쩌다 보니
자연스러운 흐름처럼 사람을 만나는 일에도 어떤 루틴 같은
게 생겼는데 예를 들면 이런 식이다. 어제 좋아하는 사람 A
를 만나고 오늘 좋아하는 사람 B를 만난다거나, 어제 A를 만
나고 오늘도 또 A를 만난다. 매우 단순하고 반복적인 패턴이
다. 쉽게 말해서 그냥 좋아하는 사람들만 만나고 있다는 뜻

이다.

예전과 다르게 매우 심플해진 지금의 인간관계가 딱히 나쁘지 않다. 군더더기가 쫙 빠진 최적의 상태랄까. 공간에 비유하자면 마치 중요한 것만 아주 가깝게 배치된 상태처럼 느껴진다. 문제는 현 상황에서 변수가 생기면 예전보다 받을 타격이 좀 클 것 같다는 점이다. 그러나 지금의 상태가 유지된다고 가정하면 큰 아쉬움은 없다. 인간관계에 쏟아야 하는 엄청난 에너지를 효율적으로 쓰고 싶다. 불필요한 에너지를 줄이고 소중한 사람들에게 집중할 수 있으면 좋겠다.

나는 원래 여러 부류의 사람들과 어울리며 다양한 모임을 즐기는 유형이었다. 지금처럼 소규모의 인간관계를 지향하지도 않았고 여러 사람과 에너지를 주고받는 것을 좋아했다. 각각의 만남과 모임에는 나름의 장점도 많았는데, 마치 적재적소에 배치된 군인처럼 각자의 위치에서 나의 빈 부분을 적절하게 채워줬기에 모두 영양가 있는 만남이었다. 그랬던 내가 이 관계들에서 염증을 느끼게 된 건 언제부터였을까? 그 계기는 무엇이었을까? 한때는 이런 생각들로 혼란스러울 때가 있었다.

'지금 내 곁에 있는 사람은 누구인가', '지금의 관계들은 과연 괜찮은가' 하는 물음들로 고민했던 나날이 있었다. 예전에는 관계가 얼마든지 달라질 수 있다는 사실을 잘 몰랐고, 인정하기도 싫었던 것 같다. 하지만 그런 일들은 누구의 잘못이 아니라 그냥 일어날 수 있는 것이었다. 관계의 소멸은 다시 관계의 생성을 가져오기도 한다는 것을 깨닫는 순간도 있었다. 이건 포기나 체념의 의미가 아니라 인정의 의미다. 과거의 모든 관계는 배울 점이 있었고 내 인생을 형성하는 중요한 요소였으며, 내가 앞으로 나아가게끔 해주는 원동력의 일부가 됐다. 그런 과정에서 나와 잘 맞는 사람들과 아닌 사람들이 있다는 것을 알게 됐을 뿐이다.

때론 시간이 인간관계를 바꿔 놓지만, 변한 관계를 마주 보는 용기 역시 시간이 가져다준다. 어떤 관계에 큰 의미를 부여하고 연연하며 느꼈던 혼란스러움, 배신감, 당혹감과 서운함에서 한 발짝 물러서서 주변을 좀 더 냉철하고 객관적인 시선으로 들여다봤다. 여전히 이해되지 않는 일도 있었지만 이제야 알 것 같은 일도 보였다. 그 뒤엔 명확한 관계들만 남았다. 내 주변에서 부유하던 관계들이 이제야 비로소 방황을 끝내고 정착하고 있었다.

지금의 상태가 되기까지 오랜 시간 방황했다. 어쩌면 지금 내가 하는 '관계의 편식'은 아집의 결과일지도 모른다. 좋아하는 사람을 만나고 좋아하는 일만 해도 시간이 부족하다고, 남한테 피해만 주지 않으면 된다고 생각하면서도, 자칫 이런 모습이 지난 관계에서 남은 상처들을 피하기 위한 자기 합리화일지도 모른다는 생각이 든다. 그래도 당분간은 이런 모습을 유지하며 일상을 만들어가지 않을까 싶다.

어찌 됐든 인간은 타인과 연결되어 살아가는 동물이고, 타인을 이해하려는 노력을 꾸준히 해야 한다. 나의 관계 편식증이 타인을 이해하려는 노력 자체를 배제하지는 않길 바란다. 동시에 넓어졌다가 좁아졌다를 반복하는 관계에도 너무 연연하지 않기를. 그 속에서 조금이라도 성장하는 내가 되기를 바란다.

⋮

나를 채워준
소중한
시절인연들에게

스무 살 때 첫사랑을 만났다. 같이 있어도 보고 싶고 잠시
도 떨어져 있기 싫던 첫사랑. 태어나서 처음으로 '사랑'이라
는 감정을 느꼈던 순간을 꼽으라면 제일 먼저 생각나는 그
남자.

사랑이란 감정에 가장 충실하게 집중했고, 그만큼 남김없
이 서로에게 감정을 쏟았으며 아낌없이 사랑했다. 그렇게 애
틋했던 첫사랑과의 이별은 왜 그리 힘들던지……. 세상에서
가장 사랑했던 사람과 다시는 연락할 수 없고, 보고 싶어도
볼 수 없다는 게 못 견디게 힘들었다. 다시 누군가를 사랑한
다는 게 지난 사랑에 대한 배신 같아서 한동안은 사랑도 할

수 없었다.

　그런데 거짓말처럼 시간이 지나자 감정과 기억이 조금씩 희미해졌다. 과거 주변 사람들이 해준 것처럼 누군가의 이별에 똑같은 위로를 건넬 수 있을 만큼 그 사람 없이도 잘 살 수 있게 됐다. 다른 사랑도 또 할 수 있었다. 그 이후로 몇 번의 사랑과 이별을 겪으면서, 사랑은 그렇게 왔다가 또 어느 날 다시 떠날 수 있는 것임을 알게 됐다.

　비단 남녀의 사랑에만 적용되는 이야기가 아니다. 일하면서 만난 사람들, 여행하다 만난 사람들에게서도 나는 비슷한 감정을 느꼈다. 짧은 만남이었지만 여행 중 그들과 잠깐 나눴던 이야기에 큰 위로를 받을 때도 있었고, 이 여행이 끝나도 또는 이 프로젝트가 끝나도 우리 사이가 지금처럼 좋았으면 하고 바랐다. 하지만 모든 인연을 다 끌어안고 사는 일이 생각처럼 쉽지는 않았다.

　사람들이 떠나가는 일은 언제나 힘들었지만, 그 속에서 나는 '지나가는 시간'을 기다리며 감정을 토닥일 수 있게 되었다. 그 시절의 나에게 찾아와줬던 인연들에게 감사할 줄도 알게 되었다.

생각해보니 정말 많은 인연이 있었다. 노력했던 인연이 있었고, 노력해준 인연이 있었다. 그리고 그런 노력과 무관하게 지금 내 옆에 남은 인연과 떠나가버린 인연이 있다. 나를 떠나간 인연, 내가 떠나보낸 인연, 또 그런 인연을 떠나온 지금의 내가 여기에 있다. 시절인연을 거치며 나는 지금의 나로 성장할 수 있었고, 찾아든 인연에 감사하게 되었다. 서로 원했든, 원하지 않았든 어떤 인연은 그렇게 끝나버릴 수도 있다는 것을 받아들이게 되었다. 이렇게 나이가 들면서 자연스럽게 체득하는 게 있다. 누군가는 '경험'이라 부르고 누군가는 '지혜'라 부르는 것들.

지금도 어느 한 시절을 생각하면 떠오르는 소중한 얼굴들이 있다. 그때 내가 그렇게 했더라면 혹은 그렇게 하지 않았더라면 그들은 지금 내 곁에 있을까. 평생 함께하자 했던 친구들과 소원해졌고, 소울메이트라 생각했던 친구와 한순간에 멀어졌다. 한때 영원할 줄 알았던 사랑은 과거의 사랑으로 남았다. 그들을 떠올리며 안타까움에 몸을 떨 때도 있다. 그러나 그들은 이제 내 시절인연으로만 남아 있다.

그래도 이제 나는 알고 있다. 그 시절을 채워준 시절인연이 있었기에 그때가 아름다웠다는 것을. 지금은 내 곁에 없지만 지금의 나를 만들어준 그 시절의 소중한 인연들이 어디에서든 잘 살아가기를, 그리고 늘 평안하기를 바란다.

:

혼자서도

잘 살기 위해

꼭 필요한 게 있다면

혼밥, 혼술, 혼드, 혼영, 혼놀족까지, 혼자 사는 사람에게 붙는 수식어가 점점 늘어나고 있다. 혼자 사는 사람의 수도 점점 증가하며 '혼자 살지만 괜찮은 사람들'의 삶은 우리 주변에서도 흔히 보인다.

2018년 통계청의 인구 총 조사에 따르면 1인 가구 수는 584만 8594 가구로, 전체 가구에서 차지하는 비중이 약 29.3 퍼센트라고 한다. 2030년에는 1인 가구 수가 719만 명, 2045년에는 무려 809만 명까지 증가할 것이라는 예측도 나왔다. 통계 자료로만 보면 세 가구 중 한 가구가 1인 가구라는 말이 된다. 혼자 사는 것이 더 이상 특이하거나 특별한 일이 아닌 자연스러운 현상이 되었다.

나 역시 30대 초반에 부모님으로부터 독립해 혼자 산 지 벌써 8년째다. 처음엔 나만의 공간이 생겼다는 사실 자체가 마냥 좋았다. 오로지 마음대로 할 수 있는 시간과 공간은 구속이라 부르던 것들로부터 나를 해방시켰다. 혼자는 확실히 누군가와 함께 사는 것보다 가뿐하고 자유로웠다.

하지만 혼자 잘 살기 위해 뒷받침되어야 할 것들이 몇 가지 있다. 가장 중요한 건 두 번 세 번 생각해봐도 역시 경제력이다. 부모의 원조를 받는 1인 가구도 있겠지만, 어느 정도 나이가 든 사람은 각자의 생계를 책임져야 하는 가장이다. 독립과 동시에 내 입에 들어가는 것과 입을 것, 쓸 것, 살아갈 공간과 그 공간을 채우는 많은 것을 스스로 감당해야 한다.

어차피 나한테 들어가는 비용이니 억울할 일도 아니지만 그래도 어떤 날은 좀 억울하다. 잘 굴러가던 일상이 갑작스럽게 흔들릴 때가 있는데, 예를 들어 갑자기 소득이 생기지 않는 사정이 생긴다거나, 예기치 못한 사고나 일이 생겨서 급하게 목돈이 필요할 때, 누군가와 상의할 수 없고 혼자서 꿋꿋이 살아갈 방법을 모색해야 할 때가 그렇다. 가족과 함께 살아도 돈이 없으면 어려움이 많지만, 혼자 사는데 돈이 없는 것처럼 막막한 일은 없다.

'그럴 때를 위해 미리미리 대비했어야지'라고 한다면 할 말이 없지만, 그렇다고 미래를 대비하지 않았던 것은 아니다. 인생은 예기치 못한 일이 더 많이 생기는 법이라서 대비할 수가 없었다고 하면 핑계가 되려나. 어쨌든 혼자 사는 일은 겉보기처럼 쉽지만은 않다. 아마도 혼자 오래 산 사람이라면 혼자 살기 위해서 치러야 하는 책임이 혼자 사는 즐거움보다 더 클 수도 있다는 말에 공감할 것이다. 모든 사람의 생애가 늘 괜찮은 순간에만 머물러 있지는 않으니까 말이다.

그렇다면 이런 경제적인 고민을 해결해줄 다른 이를 만나는 게 가장 손쉬운 해결책일까? 현실적으로 궁지에 몰릴 때, 결혼의 문으로 걸어가는 사람도 제법 있을 것이다. 결혼을 하면 현재의 문제가 조금은 나아지지 않을까 기대하는 마음을 이해하지 못하는 건 아니다. 그러나 결혼은 '현실 도피'가 아닌 '현실 공유'가 될 때 하는 게 맞다고 생각한다.

결혼은 뭐든 함께하며 의지할 수 있는 사람이 생긴다는 뜻이다. 결혼은 사랑을 약속하는 일이자 정서적·경제적으로 연대하겠다는 서약과도 같다. 눈이 오나, 비가 오나, 아플 때나, 좋을 때나, 함께하겠다는 약속 안에는 어떤 순간에도 같이하며 책임을 다하겠다는 뜻이 들어 있다. 만약 어느 한쪽이 돈을 벌 수 없으면, 배우자가 그를 책임져야 한다는 의미도 된다. 생활의 책임감이 의무감이 되어 권태로운 날도 오겠지만, 부부가 한 팀이라는 사실은 어려운 일이 있을 땐 큰 장점이 된다. 무엇이든 함께하는 가족이 있다는 든든함, 이것은 꼭 결혼이 아니어도 누군가와 삶을 공유하거나 함께할 때만 생기는 일이다.

비혼의 삶은 누군가와 현실을 공유하지 않고, 오로지 자신의 의지와 선택으로 모든 문제를 해결해야 한다는 점을 내포한다. 비혼인 사람은 어떤 상황 속에서도 주거를 비롯한 모든 것을 혼자 감당해야 한다. 더군다나 현실의 주거 정책은 신혼 가구나 아이가 있는 가정 위주로 나온 것이 많아서 1인 가구는 집을 마련하는 일조차 쉽지 않다. 내 집 장만은커녕 1인 가구가 전세자금 대출을 받는 일도 만만찮다. 우리 사회에서 이런 문제는 결혼을 해야 좀 더 쉽게 해결할 수 있다.

나는 경제적으로 안정적이지 못한 직업을 가진 탓에 이런 문제를 두고 30대 초반부터 고민이 많았다. 혼자인 삶이 만족스러운 순간에도 불안한 미래가 발목을 잡았다. 나름대로 꾸준히 돈도 모으고, 노후를 보장할 은행이나 보험 등의 상품을 찾아봐도 뭔가 대책이 없는 것처럼 느껴졌다. 사회가 돈을 모을 수 있는 기반도 제대로 마련해주지 않고 '무조건 열심히 살아라' 하는 것 같아서 기운이 빠졌다.

1인 가구가 오로지 혼자 힘으로 우뚝 설 수 있으려면 개인의 노력만 요구하는 사회 구조부터 달라져야 할 것이다. 그러나 이런 문제는 당장 해결되지 않기 때문에 우선 각자 소신껏 삶을 설계해야 한다. 스스로 대비하고 준비해야 좀 더 나은 삶을 살아갈 수 있다. 지금이라도 재테크에 관심을 갖거나, 내 집 마련에 힘을 쏟고, 여유 자금을 확보하는 방법을 강구해야 한다. 지금 부족한 게 없다고 '욜로족'으로만 살다가는 머지않아 후회할지도 모른다.

1인 가구는 빠르게 늘고 있고, 예전과 달리 비혼에 대한 인식이 좋아져서 혼자서도 살기 좋은 세상이 되었다고 한다. 다만 혼자 10년 가까이 살아 보니 눈에 보이는 게 전부는 아니었다. 물론 구체적인 계획이나 큰 노력 없이 흘러가는 대로 시간을 보낸 나의 문제도 있다. 정확히 말하면 어떻게 준비해야 하는지 몰랐고, 현실이 코앞으로 다가오는 순간이 이렇게 빨리 올지도 몰랐다.

현재 혼자인 당신은 지금의 삶이 매우 만족스럽고 부족할 게 없다고 여길지도 모른다. 그렇다고 해도 가까운 미래에 대한 구체적인 계획을 세웠으면 좋겠다. 앞으로 혼자인 삶이 충분해지기 위해 필요한 것이 무엇인지 생각하면서 말이다.

비혼주의든 필혼주의든 어쨌거나 지금 현재 혼자인 당신이 경제력 때문에 자존감이 무너지지 않았으면 좋겠고, 아무하고나 결혼하지 않았으면 좋겠다. 다시 돌아오지 않을 지금의 청춘을 소비하는 것도 중요하지만, 앞으로의 인생을 유연하게 굴릴 수 있게 최소한의 연료를 비축해 놓는 것도 매우 중요하다.

:

관계가

무너지기는 쉬워도

지키기는 힘들더라

무엇을 기준으로 사람과 사람 사이를 정의할 수 있을까? 사람이 만나서 관계를 맺고 어떤 사이가 된다는 건 대체 어떤 의미일까? 관계는 어디에서 시작되고 그 끝은 어디에서 오는 걸까?

대부분의 관계는 수학 공식처럼 딱 떨어지지 않는다. 심플하게 시작됐다가 중간에 꼬이거나 변형되어 복잡해지기도 하고, 중요하지 않았던 관계가 어떤 계기를 통해 아주 중요해지기도 한다. 한 인간에게 좋은 면이나 나쁜 면만 있는 것이 아니듯, 우리가 맺는 관계 역시 좋은 면만 있거나 나쁜 면만 있을 수는 없다. 그래서 40년을 살아오는 동안 인간관계는 늘 답이 없는 숙제처럼 느껴졌다. 관계는 갈수록 조심스러웠고 복잡미묘했다.

오히려 어른이 될수록 관계를 지켜내는 게 더 어렵게 느껴진다. 좋았던 관계가 무너지기는 쉬워도, 지키기는 무척 힘들다. 세월은 관계를 굳건하게 만드는 강력한 힘을 가지고 있지만, 때론 그것만큼 무력한 게 없다는 생각도 든다.

나이가 들수록 관계를 지키는 게 더 어렵다고 생각한 것은 누군가와의 만남에서 예전과 다른 '온도 차이'를 느낄 때부터였다. 서로가 기억하고 있던 온도는 만나지 못한 사이 달라져 있었다. 미세하지만 아주 극명한 차이로.

오랜만에 만나도 온도가 과거에 기억한 그대로 유지되고 있을 때 우리는 편안함을 느낀다. 많은 말을 하지 않아도 편하고, 혹은 아주 많은 말을 해도 행여 실수하지 않았을까 염려하지 않아도 된다. 상대가 불편하진 않았는지 눈치를 살필 필요도 없다. 이런 쓸데없는 생각은 아예 접어둔 채 그저 서로가 준 편안한 온기만 기억하면 된다.

그러나 불행히도 모든 관계가 적당히 좋은 온도로 남지 않는다. 오랫동안 잘 유지됐다고 생각한 관계가 예전과 달라졌음을 느낄 때, 별안간 마음에 서늘한 바람이 지나간다. 사실 잘 생각해보면 그동안 좋지 않은 신호가 여러 번 있었을 것이다. 적당히 좋고 편안한, 별로 거리낄 것이 없던 사이에 이물질이 낀 듯한 불편함을 느꼈을 때가 한두 번 있었을 것이고, 하고 싶은 말을 참는 날도 있었을 것이다. 어쩌면 만나는 일이 이유 없이 꺼려졌을지도 모른다.

만났을 땐 문제가 없는데, 만난 뒤가 개운치 않은 관계도 있다. 집으로 돌아가는 버스 안에서 아까 걔는 왜 그런 말을 했을까? 그 말의 저의가 뭘까? 대체 나더러 어쩌라는 걸까? 하는 생각이 마구 떠오르고, 돈과 시간을 쓰며 한참을 같이 웃고 떠들었는데 묘하게 찜찜한 기분이 들 때가 있다. 오늘 나눈 대화와 행동이 하나하나 떠오르면서 기분이 묘해지기도 한다.

이렇게 알 수 없는 의미를 나름 좋게 해석하려고 애쓰고 있을 때 갑자기 현타(현실 자각 타임)가 찾아온다. 한마디로 기분이 나빠진다. 아까 기분이 나빴을 때 단도직입적으로 말하지 못한 나 자신에게 화가 난다. 이런 일이 한 번으로 끝나면 '그날 내가 생리를 해서 너무 예민했나?' 아니면 '그래, 지금 걔는 상황이 좋지 않으니까 그럴 수 있지' 하며 대수롭지 않게 넘어갈 수도 있지만, 이런 일은 대개 한 번으로 끝나지 않는다. 비슷한 일이 몇 번 더 반복될 수 있다. 누군가는 분명 상처받고 관계에 움츠러들게 된다. 서로가 의식하지 못한 사이 관계의 온도는 식어버린다. 이쯤 되면 인정해야 한다. 우리의 관계는 예전 같지 않으며 이미 불편해졌다는 사실을.

내가 이런 고민을 하게 된 것은 그간 잘 알고 지낸 사이에서 불편을 느끼게 됐기 때문이다. 관계를 예전으로 돌리려면 어떤 노력을 해야 할지, 아니면 그냥 흘러가는 대로 둬야 할지 알 수 없을 때였다. 당연한 말이지만 우리는 관계가 변했다고 느낄 때 상처받는다. 상처는 가까운 사이라고 생각한 만큼 크다. 서로에게 기대하는 바가 크고 바라는 것이 많으며, 무엇보다 우리 사이가 변하지 않을 거라 믿어 의심치 않았기에 관계의 변질을 받아들이기가 쉽지 않다.

관계는 얼마든지 변할 수 있다. 자주 들여다보고 서로의 안부를 챙기지 않으면 관계는 굳어버리고 결국엔 변한다. 그냥 둔다고 그대로 있는 게 아니다. 내가 'A'라고 생각한 사람은 세월이 흐르고 환경이 변하면서 'B'라는 사람으로 변했을지도 모른다. 아니면 지금껏 내가 보아온 그 사람의 모습이 그의 전부가 아닐지도 모른다.

시간의 흐름 속에서 우리는 모두 다른 삶을 산다. 시간과 함께 다른 양상으로 나타나는 어떤 이의 특성을 자연스럽게 받아들이고 이해하려면, 서로에게 단절된 시간이 없어야 하고 서로 이해하려는 노력도 끊임없이 해야 한다. 지나고 보니 그간 나를 시험에 들게 만든 관계들은 대부분 흐르는 시간 속에서 서로를 놓치고 잃어버린 경우였다. 지난 시간만 믿고 노력하지 않았다. '당연히 이해해주겠지'라고 쉽게 단정 짓고 충분히 마음을 쓰지 않았다. 결국 서로에게 생긴 불편한 온도 차를 극복하지 못한 것이다.

참 어렵다. 지켜야 할 것도, 마음을 써야 할 곳도 너무 많다. 각자 열심히 살아가기 바쁜데 뭐가 이리 복잡하냐고 누군가는 역정을 내고 싶을지도 모르겠다. 나 역시 생각이 많아진다. 가만 생각하니 복잡하고 불편한 관계는 그냥 끊고 싶기도 하지만 한편으로는 이게 인생이구나 싶다. 불편함을 감수하면서도 기대하고 싶은 마음 같은 것. 우리는 복잡한 관계 속에서 오늘도 부대끼며 살아가고 다시금 기대한다. 나와 누군가에게 적당한 온도가 생기고 유지되길 바라면서.

만약 소중한 관계를 계속 이어가고 싶거나 되찾고 싶다면, 누군가는 손을 내밀어야 한다. 관계가 싸늘하게 식어버리기 전에 먼저 다가가야 하고, 누군가는 상대가 내민 손을 거절하지 않아야 한다. 사람 사이의 온도가 매번 따뜻할 수는 없다. 하지만 적당히 따뜻했던 온도가 차갑게 식어버리는 건, 너무나 순식간이다.

:

나는 직장에서
평생 친구를 만났다

방송 작가가 되지 않았다면 지금쯤 나는 어떤 삶을 살고 있을까, 그리고 어떤 사람들을 만나게 됐을까. 아마도 인생의 방향이 달라졌을 것이며 지금의 나와는 전혀 다른 내가 됐을지도 모른다. 이런 생각을 가끔 할 때가 있다.

방송 작가는 늘 불안한 일자리에 목을 매야 하고, 하는 일도 공개적으로 평가받는다. 여러 부류의 인간들도 상대해야 한다. 방송국엔 그야말로 이상한 놈, 미친놈, 또 이상한 놈, 더 미친놈이 판을 친다. 무엇을 상상하든 그 이상이다.

숨통 트이는 부분이 딱 하나 있다면, 이상한 사람들 사이에서도 좋은 사람들이 분명히 존재한다는 것이다. 나는 일을 하는 동안 인생을 상담할 수 있는 선배를 만났고, 가치와 취향이 비슷한 소울메이트가 생겼으며, 서로의 안위를 진심으로 걱정하는 친구들을 얻었다. 나의 30대 인간관계의 축은 이들을 중심으로 돌아간다고 해도 과언이 아니다.

나의 인간관계는 크게 두 부류로 나눌 수 있다. 학창 시절부터 지금까지 친하게 지내는 오랜 친구들과 일을 하면서 알게 된 작가 친구들이다.

양쪽 다 소중하고 중요하지만 두 그룹은 완전히 다른 속성을 띤다. 둘 다 '친하다'라는 말로 정의할 수 있지만 서로 맞는 접점은 다르다. 그래서 이들과 만나서 하는 이야기도 각각 완전히 다르다. 방송 일을 하면서 만난 친구들은 서로의 경제 사정이나 불안한 진로까지 터놓고 이야기한다. 학창 시절부터 친한 친구들은 이런 내밀한 속사정까지 말하지 않지만, 오랫동안 단단하게 쌓은 신뢰가 있어서 많은 부분에서 의지가 된다.

비슷한 일을 하는 사람끼리 대화할 때의 장점은, 굳이 설명하지 않아도 많은 부분이 절로 이해된다는 것이다. 내가 직장에서 무슨 일을 하는지, 같이 일하는 사람은 어떤지, 일하는 곳의 제작 환경이나 시스템이 어떤지에 대해서 하나부터 열까지 구구절절 설명하지 않아도 된다. 이야기할 때 바로 본론으로 들어갈 수 있다.

대화의 본론은 대개 일하면서 가장 '빡'치는 부분에 관한 것들이다. 일하는 도중에 정말 말도 안 되는 상황이 닥쳤을 때 마치 인공호흡기를 찾듯 다급하게 메신저나 스마트폰을 꺼낸다. 이 분노를 당장 누군가와 나누지 않으면 돌아버릴 것 같은 순간, 친한 작가들에게 말을 건다. 앞뒤 전후 사정을 설명할 시간도 없다. 그녀들은 앞뒤 다 잘라먹은 맥락 없는 이야기에도 깊은 공감을 해주고 열과 성을 다해 뒷담화도 해준다. 방송 작가는 관례상 계약서 없이 알음알음으로 일할 때가 있는데, 종종 일을 다 하고도 정당한 대가를 받지 못하기도 한다. 방송 작가로 일하면서 가장 열불이 나는 그런 순간들.

episode #1

나 "두 달 동안 돈 한 푼 못 받고 일했는데, 이번 개편에 레귤러로 확정되면 기획료 챙겨준다더니 결국 레귤러로 못 들어갔어.

그 뒤로 제작사 사장은 전화도 안 받고 이 일을 소

개해준 작가 선배는 침묵 중이야. 나더러 다 참으라는 식이야."

동료들 "이런 근본 없는 XX들, 작가를 무슨 자원봉사자로 아는 거 아니니?"

episode #2

나 "내가 이번 달에 들어올 돈이 ○○만 원인데, 그중에서 카드 값이 ○○만 원 정도 나가. 근데 망할 제작사가 이달 20일에 줄 월급을 다음 달 말에나 준다는 거야. 카드 값은 1일에 빠져나가는데……."

동료들 "망할 놈의 제작사! 거기 아주 상습적이야. 작가들 사이에서 블랙리스트잖아. 어떻게, 급한 대로 50만 원이라도 땡겨줘?"

이 대화들은 실제로 작년과 올해 겪은 일을 바탕으로 쓴 것이다. 요즘 같은 세상에 말이 되나 싶지만, 요즘 같은 세상에도 방송계에선 이런 일들이 자주 일어난다. 분노를 유발하는 일이 생겨도 가감 없이 얘기할 수 있는 친구가 있다는 게 그나마 위로가 된다. 열심히 일하고도 돈을 받지 못하게 됐다는 사실, 월급 사정, 그리고 당장 다음 달 내야 할 카드 값도 모자란다는 현실의 이야기를 다른 친구들에게 구구절절 설명하기는 어렵지만 같은 일을 하는 동료들은 그렇지 않다.

작가들끼리는 서로가 받는 돈이 얼마인지, 혹은 방송이 밀리거나 아예 편성에 잡히지 않는 경우 돈이 들어오지 않는다는 사실까지 아주 잘 알고 있다(참고로 작가는 주급으로 돈을 받으며, 방송계는 일을 아무리 많이 해도 맡은 프로그램이 방영되지 않으면 돈을 주지 않는 이상한 시스템으로 돌아간다). 프로그램이나 경력에 따라 주급이 어느 정도로 책정되는지도 뻔히 알고 있다. 사실 대부분 재정 수준도 고만고만한 동병상련의 처지다.

곳곳이 지뢰밭인 방송 판에서 10년 넘게 동병상련으로 서로를 이해하는 사이엔 끈끈한 연대 의식이 있다. 일반 직장인의 동료애를 넘어선 전우애 같은 것이라고 해야 할까. 그래서 내 치부로 보일 수 있는 부분까지도 안심하고 말한다. 때로는 '내가 지금, 이렇게 못 나가고 있다'라는 말을 아무렇지 않게 할 수 있다는 게 신기할 정도로.

방송 작가는 회사에서 어떤 보호도 받지 못하는 비정규직 프리랜서이며, 만약 결혼하지 않았다면 법적인 보호자도 따로 없다. 그런 작가들에겐 보호막이 되어줄 서로가 매우 절실하다. 작가로서 롱런하기 위해서는 실력도 중요하지만 고 난까지 기꺼이 함께 나눌 친구도 있어야 한다.

비단 작가뿐 아니라 다른 이들도 마찬가지일 것이다. 우리 모두에겐 한 치 앞도 보이지 않는 험난한 여정을 같이 걸어 갈 동료가 필요하다. 이 글을 쓰다 보니 몇몇 친구들이 생각 난다. 나 자신이 한없이 초라하게 느껴질 때 아무 이유 없이 도움의 손길을 내밀어준 고마운 이들.

세상에 굴곡 없는 인생은 없다고 하지만, 한때 나에겐 도 무지 내리막길이 끝나지 않을 것 같던 시절이 있었다. 지금 껏 꽤 열심히 달렸다고 생각했는데 예상치 못한 난관들이 계 속 튀어나왔다. 위기는 예기치 않은 순간 한꺼번에 찾아왔 다. 프로그램을 기획하고 단기간 특집으로 진행했던 일들이 계속 엎어지면서 경제적으로 문제가 생겼다. 그 와중에 친하 다고 생각했던 사람에게 뒤통수를 맞기도 하고, 여러 이해타 산적인 인간관계도 거쳐야 했다. 심지어 남자는 역대급으로 진상인 인간들이 꼬였다.

사람한테 치이고 일에 치이다 보니 여태 괜찮다고 생각한 삶이 흔들렸다. 그런 기간이 꽤 길게 이어졌고, 나는 알 수 없는 내일이 너무 불안해서 '어쩔 줄 몰라 하는 병'에 걸렸다. 그렇지만 현실의 문제들은 나를 기다려주지 않았다. 당장의 월세나 카드 값을 해결해야 했고 모아 놓은 돈은 계속 마이너스가 됐다. 결국 대출을 받거나 주변에 돈을 빌릴 수밖에 없는 상황이 왔다.

'내가 모아 놓은 돈은 얼마 없어도 대출은 없었는데……', '남들보다 열심히는 아니어도 남들만큼 열심히는 산 것 같은데……'. 심한 자괴감이 밀려왔다. 그렇게 우울한 나날들을 간신히 버텨가고 있을 때, 주거에 문제가 생겼다. 집주인이 월세에서 전세로 계약을 전환한다고 했다. 전세금이 1억 5000만 원이라는 말이 '너 그냥 이 집에서 나가'라는 소리로 들렸다. 내가 살던 동네의 집값이 갑자기 올라서 주변 오피스텔 월세도 처음 이사올 때보다 훨씬 높아졌다.

일에서 내동댕이쳐지더니 이젠 집에서도 나가라는 것 같아서 요동치던 감정이 바닥을 쳤다. 대출을 알아볼 때는 더 심해졌다. 자산이 다 까발려졌는데 보증해줄 사람도 없는 상황, 잘못한 것도 없는데 은행원 앞에서 절로 고개가 숙여졌다. 대한민국에서 결혼하지 않은 여자, 직업도 프리랜서인 사람은 대출도 쉽게 받을 수 없다는 사실을 처음으로 알게 됐다.

하늘이 무너진다면 그대로 깔려 죽을 것 같다고 생각했을 때, 친구들이 먼저 손을 내밀었다. 한 친구는 내 계좌에 말도 없이 돈을 입금하는가 하면, 부족한 전세금도 얼마 정도 빌려줬다. 다른 친구는 내가 사정을 말했을 때 조건이나 기약도 없이 돈을 빌려줬다. 또 다른 친구는 사정이 좋아지면 그때 달라며 선뜻 100만 원을 건넸다.

이들은 언제 돈을 갚을 거냐고 채근하지도 않았다. 친구라는 이유로 이자도 없이 돈을 빌려주는 것만 해도 충분한데, 내가 언제 돈을 갚을 수 있을지 묻지도 따지지도 않고 무작정 기다려준다는 게 눈물이 날 정도로 고마웠다. 이 친구들 셋 중 두 명은 일로 만난 사이였다. 우리는 일로 만났지만 서로의 인생에 중요한 존재가 되었다. 무조건 그냥 믿고 기다려주는 그런 친구, 살아가면서 나도 누군가에게 이런 친구가 돼줄 수 있을까?

옛말에 좋은 친구 세 명만 있어도 성공한 인생이라고 했는데, 그런 의미에서 보면 나는 이미 성공한 인생이다. 절망적이고 실패만 거듭되고 있다고 생각할 때 비로소 깨달았다.

혼자 살기 좋다고, 혼자라서 참 편하다고, 혼자여서 괜찮다고 모두가 외치는 세상이지만, 우리는 결코 '혼자서만은'

살 수 없다. 어깨를 토닥여주며 괜찮다고 말해주는 친구, 가끔은 맛있는 안주에 기가 막힌 맥주를 같이 맛볼 수 있는 친구가 있어야 혼자일 때도 우리는 충분해지는 게 아닐까.

Part 4

:

적당히 설레고

시시하게 살면

어때

．
．
．

건강검진 결과가

조금씩

걱정되기 시작했다

　1년에 한 번 건강검진 날이 다가오면 괜히 초조해진다. 건
강검진을 받으러 가기에 앞서 저녁 여덟 시부터 해야 하는
금식도 몹시 끔찍하다. 지금부터 물 한 모금 마실 수 없다는
상상만으로 벌써 목이 마르는 기분이다. 이 끔찍한 기분은
내일 해야 할 이런저런 검사를 걱정하는 것으로 이어진다.
우선 속옷도 탈의한 채 검사복을 입어야 한다는 것 자체가
유쾌한 경험은 아니다.
　채혈만으로도 머릿속이 다 아찔해진다. 나는 무엇 때문인
지 피를 보는 일에 유난히 기겁하고, 심할 경우 기절까지 할
만큼 채혈 공포증이 있다. 산부인과 검진은 이상한 자세 탓

에 할 때마다 왠지 모르게 민망하고, 소량의 마취제라지만 정신이 혼미해지고 종종 헛소리까지 남발한다는 수면 내시경 검사에, 가슴을 쥐어짜는 듯한 고통을 동반하는 유방 엑스레이 검사도 해야 한다. 복부나 갑상선 초음파를 할 때면 몸 속의 장기들도 관찰하게 되는데, 이를 보며 차트에 뭔가 기록하는 의사 선생님을 볼 때마다 뒷목이 다 서늘해진다. 두 시간 남짓한 검진이 끝난 후, 무표정한 검사원들과 무표정한 사람들이 모인 그곳을 탈출해 초콜릿 우유를 삼킬 때면 그제야 안도의 한숨이 터진다. "으으, 1년이 느리게 흘러갔으면 좋겠다!"

이런 해방감도 잠시, 약 일주일 뒤 검사 결과가 나올 때면 다시 나는 한없이 소심한 겁쟁이가 된다. 몸에 큰 병이 없다는 건 정말 다행이지만, 이것저것 추적 검사를 요구하는 것들이 쭈르륵 나열돼 있기 때문이다. 때에 따라선 추가 검사가 필요할 때도 있다. 피하고 싶은 건강 성적표를 받아들 때마다 나는 굳게 결심한다. 이제부턴 웰빙 음식만 챙겨 먹고 꾸준히 운동하며 평소에 건강을 챙기리라. 앞으로 더 건강해지리라.

하지만 눈 깜짝할 새에 시간이 흘러 건강검진을 해야 할 시점이 돌아오면, 나는 또 울상이 되고 만다. 그 일들을 다시 반복해야 한다는 말인가?

20대엔 건강검진의 개념도 몰랐고 받을 생각도 하지 않았다. 30대 초반에도 마찬가지였다. 이제 슬슬 건강검진 한번 받아봐야 할까 싶었지만, '내년에 받지 뭐' 하면서 대수롭지 않게 넘겼다. 국가에서 하는 건강검진 안내서가 집으로 날아왔을 때, 이젠 피할 수 없구나 했었다.

처음 건강검진을 받았을 때의 충격을 잊지 못한다. 겉모습만큼 멀쩡할 줄 알았던 나의 속은 멀쩡하지 않았기 때문이다. 자궁엔 수술을 고려해야 할 정도의 근종이 있었고, 콜레스테롤 수치는 또래보다 훨씬 높게 나왔다. 주기적으로 추적 검사를 하라는 부분도 몇 개 있었다. '지금 내 몸이 이런 상태라고?' 당황스러웠다. 그렇게 30대 중반부터는 꾸준히 건강검진을 하고 있지만 이 모든 게 아직도 적응이 되지 않는다.

아마도 나만 이런 생각을 하는 건 아닐 것이다. 건강에 자신만만했고 아직은 젊다고 생각했던 30~40대는 어느 날 자각하게 될 것이다. 이제 더 이상 건강을 자신할 수 없게 되었다는 사실을. 그나마 이 시기에라도 자각하고 그동안 몸을 아끼지 않았다는 것을 반성하면 다행이다. 그조차도 인지하지 못하는 사람이 더 많다. "나는 아직 팔팔해. 나는 멀쩡하다고!" 하면서.

해외여행을 갈 때마다 영어 공부 안 한 것을 후회하며 1년짜리 인터넷 강의를 끊는 것과 마찬가지로, 건강검진을 할 때마다 건강을 돌보지 않은 나를 질책하고 1년치 건강 계획을 세운다. 너무 뻔하고 뻔뻔하게 야심만만한 계획이다.

첫째, 각종 영양제를 구입한다. 특히 콜레스테롤 수치를 떨어뜨리는 데 도움이 되는 오메가3는 빼놓으면 안 된다. 종합 영양제, 비타민 C, 프로폴리스, 밀크시슬 등을 챙겨 먹는다.

둘째, 매일 디톡스 주스를 만들어 마신다. 삶은 브로콜리와 삶은 양배추, 사과와 토마토 등을 함께 넣고 믹서에 돌려 만드는데 맛은 좀 없다. 그래도 이번엔 좀 더 오래 먹어보기로 다짐한다.

셋째, 운동 점검에 들어간다. 지금까지 내가 한 운동은 요가, 필라테스, 반복적인 근력 운동, 수영, 자전거 타기 등이 있다. 건강검진은 새로운 운동을 시도해볼 수 있는 좋은 계기가 되기도 한다.

건강검진은 피하고 싶은 일이지만, 충격적인 건강 성적표

덕분에 운동의 필요성을 절실하게 만든다는 점에선 긍정적이다. 자신의 몸 상태를 알고 어떤 운동을 해야 할지 결정하는 일은 지금 시기에 매우 중요하고 앞으로의 삶을 위해서도 반드시 필요하다.

건강을 평균 이상으로 끌어올리기 위해선 하기 싫어도 운동을 해야 한다. 건강 성적표를 보니 나는 콜레스테롤 수치를 떨어뜨리는 게 시급해 보였다. 달리기나 수영 같은 운동이 필요한데, 그동안 유산소 운동을 거의 안 해봤기 때문에 뭐부터 해야 할지 난감했다.

달리기는 '숨이 많이 차잖아, 힘들잖아, 그래서 하기 싫잖아' 해서 안 했고, 수영은 워낙 물을 무서워하는 성격이라 아예 엄두를 못 냈다. 그렇게 피하고 피하다가 서른일곱 살에 겨우 도전한 수영은 나의 인생 운동이 됐다. 지금까지 살면서 무릎 높이 이상의 물에서는 놀아본 적이 없는 내가, 잠수를 하면 그대로 숨이 멎을 것 같은 공포에 시달리던 내가 지금은 물속에서 숨을 쉬고 누워서도 수영을 한다. 내 인생에서 절대 할 수 없을 거라 여긴 접영을 어느 날엔 제법 괜찮은 자세로 하게 됐다.

수영을 처음 할 땐 숨 쉬는 법을 배우기만 했을 뿐인데도 몸살이 날 정도로 물에 적응하질 못했다. '음파, 음파' 하며 숨을 쉬는 게 왜 그리 어려웠는지, 남들은 하루면 다 떼는 '음파'를 나는 일주일이 넘도록 혼자 연습했고, 물에 적응하지 못하는 둔한 몸뚱이가 너무 싫었다. 그래도 어쩔 수 없다. 나는 이 몸뚱이를 가지고 앞으로 40년은 더 살아야 한다. 나이가 들수록 몸에 근육은 빠지고 콜레스테롤 수치는 높아져서 뒷골이 당기는 날이 올지도 모른다. 관절도 약해질 것이다. 몸에 무리를 주지 않으면서 몸을 건강하게 만들어줄 유산소 운동이 필요하다. 피하지 말고 부딪혀보자!

오랜 고민 끝에 일단 수영복을 입고 물에 뛰어들었고 결과는 성공적이었다. 수영은 삶에 활력을 주고 성취감도 안겨주었다. 몸무게의 변화는 2킬로그램 정도로 그리 크지 않았지만, 살이 빠져 보이고 얼굴이 좋아 보인다는 얘기를 많이 들었다. 그리고 나만 아는 사실이지만 수영을 했을 때와 하지 않았을 때의 몸 상태는 정말 달랐다.

세상 어디에도 없을 타고난 맥주병이 2년 넘게 수영을 꾸준히 해본 경험담이다. 이제 나는 해외여행을 가서 풀빌라에 묵을 때 튜브를 끼지 않고 유유자적 물놀이를 즐길 정도로 수영을 잘하게 됐다. 물은 끔찍하게 싫어했던 내가 자발적으

로 수영을 하러 가고, 주변에 수영을 권하는 수영 전도사가
됐다.

그러나 안타깝게도 수영만으론 '심한 근력 부족'이 해결되
진 않는 모양이다. 근육량이 평균보다 부족하다는 건강검진
표를 받아든 어느 날, 나는 필라테스 학원으로 달려갔다. 고
통은 다시 시작되었다. '아, 죽을 것 같다. 너무 힘들다. 내
몸이 내 몸이 아니다. 이놈의 필라테스! 너무 가기 싫다.'

새로운 운동이 몸에 익숙해지고 단련될 때까지 이런 고통
은 반복될 것이다. 오늘도 죽을힘을 다해 온몸의 근육을 쥐
어짠다. 역시 힘들고, 가능하다면 피하고 싶다. 하지만 나는
수영을 통해 할 수 없던 일도 극복해내는 경험을 했다. 근력
을 키우면 필라테스도 분명 수영처럼 해낼 수 있을 것이다.

자, 정신 차리자! 올해 건강검진 날이 얼마 남지 않았다.

:

누구나
불안하지 않은
사람은 없다

　지금으로부터 18년 전, 대학을 졸업한 나는 부모님의 권유
로 언니를 따라 공무원 시험 준비를 했다. 4학년 2학기 때부
터 학원을 다녔고, 학교를 졸업한 후엔 본격적으로 도시락을
싸서 갖고 다니면서 매일 언니와 독서실에 갔다. 당시 인문
계열 전공자인 내가 졸업 후에 선택할 수 있는 길은 많지 않
았다. 지금처럼 취업 문제가 심각하지는 않았지만 그때도 원
하는 곳에 취업하는 것은 어려웠고, 내가 간절히 하고 싶은
일이 무엇인지도 잘 몰랐다.
　스물셋의 나는 앞으로의 미래를 스스로 설계하고 만들어
야 한다는 뚜렷한 목표 의식이 없었다. 늘 알 수 없는 미래가

불안했고 앞으로 어떻게 살아가야 할지가 막막했다. 부모님은 직장 생활을 힘들어하는 언니에게 공무원 시험을 제안했고, 뒤이어 졸업을 앞둔 내게도 공무원을 준비하라고 권유하셨다. 부모님과 언니의 설득에 나는 공무원이 되기로 마음먹었다. 직장 생활이나 사회생활이 뭔지 잘 몰랐던 그때, 나는 하고 싶은 일을 찾아 실현하려는 노력이 부족했다. 솔직히 말해서 엄두가 나지 않았다.

졸업 후의 구체적인 계획은 없었지만, 나는 방송 작가의 꿈을 희미하게나마 가지고 있었다. 지금 생각해보면 나는 나대로 관심사를 찾아보려는 노력을 했다. 대학 3학년 때는 당시에는 생소했던 '인터넷 방송국' 동아리에 들어갔고, 방학에는 동아리 선배들과 모여서 스터디도 할 만큼 꽤 열정적이었다. 생전 처음 하는 취재나 원고를 작성하는 등의 일이 흥미로웠고, 부전공을 선택할 땐 큰 고민 없이 신문방송학을 택했다. 다만 이런 관심이나 재능을 '앞으로 하고 싶은 일'에 연결하는 법을 몰랐다. 당시 방송국은 대단한 사람만 다닐 수 있는 줄로 알았고, 방송 작가라는 직업은 낯설기만 했다.

그렇게 방송 작가를 꿈꿨지만 결국 혼자 고민만 하다가 졸업을 하게 됐다. 지금이라면 내가 좋아하는 일을 미래의 직업으로 연결해볼 수 있지만, 당시엔 어떻게 해야 할지도 몰랐고 자신도 없었다. 그래서 큰 고민 없이 공무원이 되기로 결심한 것이다.

그러던 와중에 한 중학교 행정실에서 사무 보조 아르바이트를 할 기회가 생겼다. 출산 휴가를 간 직원을 대신한 3개월짜리 단기직이었다. 3개월 동안 공무원과 똑같은 시간에 출퇴근하면서 그들이 하는 일을 함께 했다. 그런데 일을 하면 할수록 혼란스러웠다. 아무래도 나는 공무원과 맞지 않는다는 생각이 들었다. 일단 재미가 없었다. 하는 일도, 그 속에서 만나는 사람들과의 관계도 무미건조했다. '앞으로 이런 일을 몇십 년 동안 해야 한다고?' 공무원이 된 나를 상상하면 지루하기만 했다.

저녁 다섯 시면 퇴근하고, 일한 만큼의 보상을 받고, 계획된 휴가를 쓸 수 있는 삶. 누구나 바라는 삶이지만 나에겐 도통 와 닿질 않았다. 따분하고 별로였다. 마음속에선 아우성이 일어났다.

'네가 하고 싶은 일을 해.'
'시작도 해보지 않고 포기할 거니?'

'네가 진짜 원하는 일이 공무원이야?'

내적인 갈등이 한바탕 휩쓸고 지나간 자리엔 명백한 결론이 남았다.

'내가 원하는 일을 찾아보자. 일단 해보자. 할 수 있다.'

3개월의 아르바이트가 끝난 후, 공무원 준비를 관뒀다. 그때까지 국가직 시험과 지방직 시험을 한 번 본 상태였고 성적도 나쁘지 않았다. 조금만 더 하면 공무원이 될 수도 있을 것 같았다.

공무원 준비를 관둔 데 미련은 없었다. 나와 맞지 않는다는 것을 알았고 비로소 하고 싶은 일을 찾았기 때문이다. 그때부터 나는 인터넷으로 '방송 작가'에 대해 검색했고 방송 모니터도 시작했다. 라디오 오프닝, 클로징 멘트를 혼자 써보기도 하고, 방송 작가가 되려면 어떻게 해야 하는지 구체적으로 알아보기 시작했다. 얼마 후 방송아카데미에 들어갔고 아르바이트로 번 돈은 고스란히 수강료로 쓰였다.

가만 생각해보면 그때만큼 간절하고 치열하게 무언가를

원했던 적이 있었나 싶다. 그리고 6개월 뒤 나는 진짜 방송 작가가 되었다. 지역 방송국의 막내 작가였고, 월급은 쥐똥만큼이었으며 수시로 밤을 새워야 했지만, 내가 선택했기에 후회는 없었다. 할 수 있는 만큼 열심히 뛰었고 힘들었지만 보람도 있었다. 이게 내가 방송 작가가 된 이야기다.

나의 새파란 젊음을 통째로 방송국에 바쳤다. 경력이 쌓여도 프로그램이 끝나면 한순간에 백수가 되는 프리랜서 작가의 삶은 녹록지 않았다. 지금은 그렇지 않지만 10여 년 전만해도 개편에 따라 프로그램이 생기고 없어졌다. 개편에서 살아남지 못하면 당장 백수가 되기 때문에 개편 시즌만 되면 모두가 예민해졌다. 내가 원하는 프로그램은 자리가 잘 나지 않았고 경쟁자도 많았으며, 무엇보다 아무도 내 자리를 보장해주지 않았다. 정글 같은 방송 판에서 10년 넘게 일하다 보니 어느덧 30대 중반이 됐다. '앞으로도 계속 이렇게 살 수 있을까?' 하는 의문이 들었다. 무언가를 새로 시작해야 한다는 생각은 많았지만, 생각만 하다가 30대 후반이 되었을 때는 처음 사회생활을 준비할 때보다 더 큰 불안감이 밀려왔다. 남들이 나이 타령만 하는 것을 듣기 싫어했으면서 나도 모르게 자꾸만 '이 나이에'라는 말이 입에 붙었다. 모두가 그러하듯 나 역시 나이 핑계가 가장 쉬웠다.

처음 방송 작가를 시작했을 때는 30대 초중반의 선배들이 참 멋있어 보였다. 능숙하게 일을 처리하고, 모든 면에서 여유 있어 보였다. 회의 때만 잠깐잠깐 나오는데 월급은 몇 배나 더 많이 받는 그들이 부러웠다. 그들의 현재에 내 미래를 빗대어 그려보기도 했다.

그런데 그 나이가 되고 보니 선배들의 삶엔 후배들은 모르는 고충이 훨씬 많다는 것을 알게 됐다. 프로그램의 자리는 한정돼 있고, 영리하고 재기발랄한 후배들은 자꾸만 치고 올라온다. 후배보다 실력이 좋지 않으면 자리를 뺏기는 게 이 바닥이다. 게다가 무게감 있는 선배들은 감히 넘볼 수도 없는 독보적인 존재감이 있다.

특별히 큰 히트작을 많이 한 것도 아닌, 더군다나 방송 쪽에서도 사양 분야인 교양 작가인 나의 앞날은 그리 희망적이지 않았다. 몇 년 전만 해도 일이 끊길 때면 다른 일이 생기고 아니면 단기로 하는 프로그램이라도 있었는데, 이제는 일이 끊기면 다음 일을 하기까지 시간이 길어졌다. 월세와 생활비는 그대로인데 수입은 일정치 않다.

주변 친구들의 사정을 전부 아는 건 아니지만, 얼핏 들어보면 누구는 지금까지 모은 돈이 '억'에 가깝다고 하고, 다른 누구는 억대 연봉을 받는다고도 한다. 방송 작가라고 하면 남들은 멋진 직업을 가졌다고 부러워하지만, 이런 내밀한 사정을 알면 그때도 멋져 보일까? 한 분야에서 쉬지 않고 17년을 달려왔는데 결과는 처참할 정도다.

더 처참한 것은 앞으로의 미래도 불투명하다는 사실이다. 20대 때는 '어떤 길을 가야 할지' 확신이 없어 불안했는데 40대가 되어도 똑같다. 어떤 길을 가야 하느냐의 문제라기보다 '앞으로 내가 갈 수 있는 길이 있을지'에 대한 확신이 없다. 지금 이 나이에 새로 갈 수 있는 길이 존재하는지, 이렇게 확신 없는 길을 개척해가는 게 맞는지, 그래도 지금까지 온 이 길을 계속 가야 하는 건 아닌지, 그만큼 경험하고 부딪혀봤는데도 아직도 불안하기만 하다.

불안은 언제쯤이면 해결될까? 지금보다 몇 년 더 살면 괜찮아질까? 그런 의문을 가지고 주변을 돌아보니 나 말고도 불안감에 괴로워하는 이들이 천지였다. 20년 동안 방송 작가를 했던 선배는 새로운 사업을 시작했지만 잘 되지 않았다. 다시 돌아올 일 없다는 듯 멋지게 방송계를 떠났지만 다시 돌아온 선배는 초조해 보였다. 또 다른 선배는 마흔셋에 독일 이민을 준비했다. 옆에서 지켜보기만 해도 말도 많고 탈도 많던 이민 준비. 주변 사람들은 격려보다 우려를 표했고, 선배도 희망찬 제2의 삶을 꿈꾸기보다 어떻게 먹고 살아야 할지 난감해하며 확신 없는 이민을 강행했다.

미래가 불안한 것은 이들만이 아니었다. 마흔에 이혼을 결심하고 홀로서기를 선언한 친구, 수년의 경력 단절을 딛고 다시 일을 시작한 친한 동생, 아이 둘을 친정에 맡기고 분식점을 해보기로 용기를 낸 친구, 그리고 방송일 대신 진짜 써보고 싶은 글을 쓰기로 결심한 마흔 살의 나까지, 누구 하나 불안하지 않은 사람이 없었다. 우리는 모두 하루하루 불안을 먹고 살아가고 있었다.

우울, 슬픔, 기쁨, 화, 무기력 등 이런 일상의 감정과 불안감을 비슷하게 여길 수 있는 날이 올까? 다른 감정을 대처하는 법은 그래도 조금 알 것 같은데, 불안만은 그 대처법을 알 수가 없다.

그저 분명한 건, 남들이 어른이라고 부르는 나이 마흔이 되어도 불안한 게 정상이라는 정도다. 그러니 이 글을 읽는 마흔 언저리의 불안한 어른들이 너무 두려워하지 않았으면 좋겠다. 나만 이렇게 방황하고 있는 게 아니며, 모두가 불안할 수밖에 없다는 사실에 아주 조금이라도 위로를 받았으면 좋겠다. 우리가 할 수 있는 것은 지금처럼 자신이 할 수 있는 일을 해나가면서 하루하루 잘 살아가는 것, 그뿐이다.

:

"힘 내"보 다
"축 하 해"라고
말할 줄 아는 마음

똑같은 출발점에서 시작한 경기의 승패가 갈리는 지점이
있다. 마라톤 경주나 수영 시합에서 각각의 선수들은 꼭 이
기겠다는 의지를 활활 불태우며 스타트라인에 선다. 출발 신
호가 떨어지고 선수들이 일제히 뛰어나간다. 분명히 똑같은
곳에서 시작했는데 점점 격차가 벌어진다. 간혹 중간에 낙오
되거나 부상을 입는 선수들도 나온다. 어느 지점에 가면 확
연한 차이가 나타나고, 결승선에 먼저 들어오는 승자가 생긴
다. 하지만 2등과 3등, 그리고 모든 선수가 포기하지 않는다
면 언젠가는 결승선에 도착한다.

우리 인생은 여러 가지 면에서 마라톤 경주와 닮은 점이

많다. 두 가지 모두 평소에 꾸준히 실력과 체력을 다져 놓아야 좋은 경기를 펼칠 수 있다. 자신의 한계에 부딪히기 때문에 강인한 정신력으로 무장해야 하고, 출발하기 전에 신발끈을 단단히 동여매야 넘어지는 일을 줄일 수 있다는 점에서도 그렇다. 저마다 다른 성적과 평가를 받지만 언젠가는 모두가 결승선에 들어간다는 점도 비슷하다.

인생이라는 길고 지루한 마라톤에서 승패가 확연하게 엇갈리는 순간을 마주했을 때 좀 묘한 기분이 들었다. 비슷한 출발점에서 시작했다고 생각했지만, 어느새 다른 이들과 격차가 벌어졌다는 걸 알았고, 고만고만하게 살아가고 있다고 생각했지만, 어느 순간 그게 아니란 것을 한 방에 깨달아버리고 만 거다. 이런 생각은 최근 더 강하게 들기 시작했다.

비슷한 성적으로 입학한 대학 친구들, 학창 시절부터 친하게 지내고 있는 친구들, 같은 직장에서 일을 시작해 승진이나 결혼 같은 중요한 사건을 곁에서 지켜본 동료들. 한 시절을 고스란히 함께한 사람들에게서 동질감을 느꼈고 그들과 크게 다르지 않게 산다는 점에서 안도감도 가졌던 것 같다. 스스로 의식하지 못하는 사이 그들은 나의 비교 대상이 되었고, 솔직히 말해 내가 그들보다는 조금이라도 더 잘되기를 바랐다. 남의 성공은 내 성공 다음에 왔으면 좋겠다고, 그래야 내가 진심으로 남의 성공을 빌어주는 괜찮은 어른이 될 수 있을 것 같았다.

그러나 비교 대상들과의 격차는 30대를 넘어서자 크게 벌어지기 시작했다. 어느새 달라진 친구와 나의 연봉 차이, 살고 있는 지역과 집 크기의 차이, 전세와 자가의 차이, 일의 성공 여부에 따라 달라지는 사회적인 위치 같은 것들. 이런 것들은 그저 사회적인 기준일 수도 있지만 현실적으로도 꽤 중요하게 여겨진다. 이는 소위 말해 '잘나가는 사람'과 '잘나가지 않는 사람'으로 구분되고, 내가 전자에 속하지 않는다는 것을 알았을 땐 기분이 좋지 않았다. 아무도 그렇게 말하지 않았지만 '인생의 중간 성적표'가 상위에 들지 못한 기분이 들었다.

그럴 때면 나보다 잘난 것 없어 보이는 다른 이를 시샘하고, 왜 나는 저 사람처럼 되지 못했나 하고 자책감에 사로잡혔다. '사촌이 땅을 사면 배가 아프다'는 속담이 괜히 있는 게 아니었다. 나보다 남이 더 잘나간다는 것을 인정하기는 참 어려웠다. 그러던 어느 날 드라마를 보다가 들은 너무나 현실적인 대사가 가슴에 꽂혔다.

"뭐, 요즘도 댓글들 많이 달리더만. 언니 힘내시라고."

"누가 힘내라는 말 듣고 싶대? 부럽다는 소리 듣고 싶지."

"근데 그 '힘내요'라는 댓글을 훨씬 더 잘 달아주지?"

"아주 도배가 됐어, 도배가……. 내가 49킬로그램 인증샷 올렸을 때는 '좋아요'를 100개도 안 눌러주더니 힘내라는 댓글은 아주 속사포야 속사포."

"원래 부러운 마음은 드러내기 싫어도 힘내라는 소리는 그렇게 흔쾌하다고. 나도 막 타율 떨어지고 그러면 사람들이 얼마나 파이팅, 파이팅 한다고."

－드라마 「동백꽃 필 무렵」(KBS)
20회 '동정은 쉽고, 동경은 어렵다' 중에서

동정은 쉽고 동경은 어렵다고. 동경과 질투가 한통속인 줄 알면서도 그렇다고 말하는 부분에선 가슴이 그만 먹먹해졌다. 아닌 척해도 사람 심리는 다 똑같구나 싶어서 안심이 되기도 하고, 동시에 속마음을 들킨 것 같아 괜히 얼굴이 화끈거리는 것 같았다. 모두 '힘내'라는 말은 하기 쉬워도 진심으로 축하한다는 말을 하기는 어려운 거구나.

그래도 앞으로 이런 순간이 왔을 때 좀 더 의연해졌으면 좋겠다. 나보다 앞서가는 사람의 뒷모습을 보면서 조바심내지 않았으면 좋겠고, 누군가의 성공 앞에서 가식이 아닌 진심으로 축하해줄 수 있으면 좋겠다.

나의 몫이 아닌 성공에 좌절하지 않고 남의 성공을 시샘하지 않았으면, 성공만이 전부가 아니며 인생에선 성공보다 더 중요한 것이 많다는 걸 기억했으면, 주어진 내 몫의 행복을 찾아가는 과정이 좀 더 여유롭고 즐거웠으면 좋겠다.

나이가 들면 자신의 얼굴을 책임져야 한다는 말이 있다. 살아온 모습에 따라 그 사람의 인상이나 표정이 만들어진다는 뜻이다. 이는 겸허하게 받아들여야 한다.

수년 후 혹은 수십 년 후, 나는 내 얼굴을 책임질 준비가 되어 있을까? 그 준비를 이제라도 해야 하지 않을까 싶다. 비슷한 의미에서 나이가 들수록 현재 자신의 모습도 인정할 수 있어야 한다고 생각한다. 지금 나의 모습이 맘에 들건 들지 않건 모두 여태 살아온 결과물의 일부다. 남의 성공이 노력 없이 이루어진 것처럼 보일지라도, 설령 운이 가져온 성공일지라도, 그 역시 그 사람이 만든 결과물 중 하나다.

반대로 내가 노력한 만큼 성과가 나오지 않더라도, 그 역시 내가 살면서 만든 어떤 결과물의 하나다. 모든 노력이 성공을 가져오지는 않는다. 스스로 문제점이나 대안을 찾고, 그게 아니라면 겸허하게 결과를 받아들일 줄 알아야 한다.

현재의 나는 지금까지 내가 정한 수많은 선택의 집합체다. 이를 두고 남들보다 나았는지 아니었는지를 더 이상 고민하고 싶지 않다. 내가 어떤 선택을 했든 당시엔 최선을 위해 고심했으며, 그래서 지금의 모습이 된 것일 테다. 이제 나는 그런 나를 사랑할 준비가 되어 있다.

앞으로 더 바라는 점이 있다면 무엇이든 사랑하는 일에 인색하지 않았으면 좋겠다는 것. 그리고 이왕이면 남을 위로하는 일보다 남의 성공을 축하하는 일에 진심을 다하는 어른이 되면 좋겠다.

나이만 어른인 사람은
되고 싶지 않아서

아침에 샤워를 하고 거울을 보다가 삐죽 솟아난 흰머리를 발견했다. 작년엔 한두 가닥씩 올라오던 것이 해가 바뀌기 무섭게 엄청난 존재감을 드러내며 속속 나오고 있다. 2차 성징이 나타났던 10대 이후 거의 25년 만에 나타나는 내 몸의 낯선 변화들이 당혹스럽다. 한차례 마음을 추스르고 나서 내 나이를 헤아려봤다.

아, 마흔하고도 한 살 더 먹어서 마흔하나가 되었구나. 30대의 몸과 40대의 몸은 이렇게 다른 것이구나. 약 2~3년 전 흰머리를 처음 발견했을 땐 무척이나 당황스러웠는데 이젠 좀 담담해졌다. 그동안 미루고 미뤄왔던 새치 염색을 다음

달엔 해야겠다고 생각하면서 잡념이 밀려왔다.

한번 염색을 시작하면 앞으로 평생 뿌리 염색이나 새치 염색을 해야 할 것이다. 돈도 많이 들겠지만 무엇보다 참 귀찮을 것 같다. 나이가 든다는 건 흰머리나 미간 주름, 팔자 주름 같은 가리고 싶은 존재들이 많아지는 것일까. 그동안은 주름도 깊지 않고 흰머리도 염색 없이 적당히 커버가 됐지만 이제 더는 아니다.

그래도 노화 앞에서 태연해지고 싶다. 그러려면 노화가 정상적인 생의 주기 중에 일어나는 자연스러운 현상임을 받아들여야 한다. 노화의 증거를 가리려고만 하면 앞으로의 인생이 아주 피곤해질 것 같다는 생각이 들었다. 지난 40년 동안 젊고 건강한 몸을 아낌없이 썼으니 앞으로는 몸을 아껴가며 돌보고, 얼굴에 드러나는 노화에 너그러워야 하지 않을까. 그렇다고 막무가내로 노화를 드러내고 싶진 않다. 얼굴의 결점을 잘 가려주는 자연스러운 화장법을 연구해서 보기 좋은 모습으로 살아가고 싶다.

나는 웬만하면 집 앞 카페에 일하러 갈 때도 간단한 화장은 하는 편이고, 집에서 혼자 일할 때도 너무 편한 옷은 입지 않는다. 일하기 전엔 꼭 샤워도 하고 옷을 갈아입은 뒤에 컴퓨터를 켠다. 아무도 보지 않지만 평소의 모습이 너무 추레하면 긴장감이 확 풀리거나 마냥 침대에 누워 뒹굴고 싶어진다.

같은 맥락으로 나이가 들어도 지금처럼 나이에 맞는 적당한 화장을 하면서 그 시기에 가장 예쁜 내 얼굴을 찾고 싶고, 과하지 않으면서 트렌디함을 잃지 않은 나만의 스타일을 갖고 싶다. 나이가 든다고 포기하는 것이 많지 않았으면 한다. 무작정 20·30대가 하는 것들을 따라 하면서 살고 싶지는 않다. 젊게 사는 것은 좋지만, 무조건 젊은이들이 하는 것들을 좇거나 부러워만 하면서 지금 시기에 누릴 수 있는 것과 누려야 할 것을 놓치고 싶지 않다. 더 이상 젊지 않지만, 상대적인 의미로는 충분히 젊고 가능성이 있는 마흔 앞에서 우아하게 나이 드는 법에 대한 고민이 많아진다.

100세 시대를 사는 우리들이 과거보다 길어진 인생을 잘 누리기 위해서는 단순히 노화를 막는 안티에이징 보다 우아하게 나이 들어가는 '그레이스풀리 에이징gracefully aging'이 더욱 중요하다고 하는데, 대체 멋지게 혹은 우아하게 나이 들어가는 법은 무엇일까.

노트북을 켜 놓고 한참을 생각했다. 이번에도 명쾌한 해답은 떠오르지 않았고 떠오를 리도 없었다. 당연하다. 내가 20·30대에 젊게 잘 사는 법을 몰라 헤맸던 것처럼, 나이를 먹어가는 지금도 우아하게 나이 드는 법에 대해선 도무지 감이 오지 않는다. 이번에도 맨몸으로 부딪혀서 직접 경험해보는 수밖에 없을 것 같다.

다만 나이가 많은 인생 선배들을 보면서 방법을 유추해볼 뿐이다. 주변엔 정말 멋지게 사는 선배들도 있지만 종종 저 나이에 뭐 저렇게까지 아등바등하면서 사는지, 나는 저렇게 늙고 싶지 않다는 생각을 하게 만드는 유형도 있다. 내가 저 나이가 돼서 저런 식으로 살고 있다고 생각하면 머리카락이 쭈뼛 설 만큼 부끄러워진다.

최소한 내가 생각하는 최악의 유형만은 피하고 싶다. 나는 아직 그 나이를 살아보지 못했고, 감히 다른 사람의 인생이나 삶의 태도를 판단하는 일에 신중해야겠지만 개인적인 다짐 차원에서 한번 적어본다.

이렇게 나이 들지는 말아야지!
첫째, 나이를 먹고도 소신이 없고 주변의 눈치를 살피는 유형.

둘째, 능력도 없으면서 나이만 내세우는 초절정 무능력자.

셋째, 젊어 보이고 싶거나 관심받고 싶어 과도하게 외모를 포장하는 관심종자.

넷째, "이 나이에~"를 입에 달고 살면서 정작 나잇값은 못 하는 인간들.

나이가 많은 게 죄는 아니지만 무슨 벼슬도 아닌데 사사건건 하는 말마다 "이 나이에~"를 내세워 권위적이고 수직적인 자세로 행동하는 사람들을 보면 '그 나이인데 뭐, 어쩌라고!' 하는 말이 절로 나온다.

직장 생활을 하다 보면 40대나 50대는 주로 관리직인 경우가 많은데, 이런 이들이 소신이 없고 갈팡질팡하는 것도 싫다. 이는 주변 사람까지 힘들게 만든다. 일의 기준이나 중심이 없어서 상황에 휘둘리고, 혹 일이 잘못됐을 때 동료나 후배에게 책임 전가까지 한다. 또는 능력이 없거나 심지어 인덕도 없어서 인간관계에서 밑바닥이 보이는 사람들 역시 별로다. 마지막으로 나이에 맞지 않게 과한 사람들도 피하고 싶다. 강요하는 말투나 고압적인 태도, 과도한 옷차림, 또 자신의 나이를 인정하지 못하고 어려 보이고 싶어 안달 난 듯 보이는 사람들도 그렇다.

　나이가 들수록 '자연스럽다'라는 말이 좋아진다. 현재 지나고 있는 시대를 자연스럽게 받아들이고, 새로운 것을 잘 맞이할 수 있다면 좋겠다. '그럴 수도 있지' 하는 관용의 마음이 더더욱 넓어져서 세상을 보는 눈이 조금이라도 유해지길 바란다. 예전엔 절대 안 되던 것들을 이해하게 되고, 세상에 절대 안 되는 것도 없다는 사실을 인정하며, 그래서 '되는 일이 더 많아지는 삶'을 살았으면 좋겠다.

　젊은 시절을 충분히 누려야 후회가 없듯이 앞으로 내게 다가올 40대와 50·60대 그리고 그 이후까지, 각 나이에 느낄 수 있는 것들을 충분히 다 겪고 선명하게 감각하고 싶다. 내가 살아가는 일이 꼭 멋지거나 우아하지 않더라도 이것 하나만은 기억하면서 말이다. '우아하게 늙지는 못하더라도 추하게 늙지는 말 것.'

:

최 소 한
나 만 의 인 생 지 표 하 나 쯤 은
갖 고 있 어 야 지

10년, 20년 후의 나는 어떤 모습일까 하고 상상해볼 때가
있었다. 마흔쯤 되면 아마도 좀 더 괜찮게 살고 있지 않을까,
일에서도 어느 정도 성공한 모습을 갖추지 않았을까, 번듯한
내 집 하나는 가지고 있겠지, 아마 결혼도 했겠지? 아이도
있을 거야, 모아 놓은 돈도 제법 되지 않을까 하는 모습들을
상상했다.

어느 날 갑자기 로또에 당첨된다거나, 만나고 있던 남자가
재벌 2세라서 갑자기 벼락부자가 되는 등의 미래를 상상한
것은 아니었다. 이는 너무 허황된 꿈이라는 자각쯤은 하고
사니까.

그렇다면 이런 건 어떨까? 괜찮은 외모와 직업을 가진 괜찮은 남자를 만나서 사랑을 하고, 적당한 시기에 결혼해서 살아가는 '평범한 행복'을 누리는 삶. 세상의 관념이나 정상의 기준에서 크게 벗어나지 않은, 보통 사람들이 규정한 루트를 착실히 밟아가는 삶. 남들이 말하는 보통의 행복이란 이런 것이 아닐까. 나 역시도 이런 삶을 꿈꿨던 것일까?

하지만 이것들이 평범하다는 생각은 내가 살면서 한 착각 중에서도 가장 큰 착각이었다. 그렇지만 괜찮다. 이런 생각들은 인생 가치관이 미처 정립되지 않았을 때 생긴 의미 없는 약속 같은 것이기 때문이다. 아마도 나는 일반적인 삶에 대한 무언의 강요를 느끼며 살아왔는지도 모른다. 가장 보편적이라고 하지만 실체가 없는 뜬구름 같은 행복이나 남들이 정해 놓은 행복의 기준에 흔들렸을지도 모른다.

어쨌든 모두가 꿈꾸는 보통의 행복이 실은 '보통'이 아니라는 것을 깨달았을 때, 나는 마흔이 되었다. 이제야 비로소 꿈에서 깨어난 느낌이다. 과거에 바랐던 미래가 이뤄지지 않았고, 그것과 비슷한 삶을 살지도 않았지만 지금까지 그런대로 잘 살아왔다. 그리고 지금껏 단 한 번도 내가 불행하다고 느낀 적이 없었다. 이게 나의 보통의 삶이다.

다만 인생의 항로가 내가 원하는 시기에 원하는 방향으로 가지 않는다는 사실을 알게 됐다. 내가 탄 배는 언제나 불안정한 모습으로 거칠게 움직이고 있으며, 인생은 위험한 항해와도 같아서 난파되지 않으려면 항상 어느 정도의 긴장감을 갖고 앞을 똑바로 보고 있어야 한다는 것도 알게 됐다.

인생은 항상 예측이 불가능하고, 열심히 계획을 짜도 계획대로 되는 일은 좀처럼 없다. 그래도 30대 중후반을 거쳐 40대에 진입하면 뜻대로 되지 않는 인생 앞에서 좌절하지 않고, 풍파가 잘 지나가기를 바라면서 몸을 웅크리는 법을 알게 된다.

더 이상 무모하게 강행하거나 뛰어들지는 않지만, 그동안의 경험을 토대로 좀 더 능숙하게 일을 해결하기도 한다. 그러다 보면 써야 할 에너지를 최대한으로 줄이면서 목표 지점에 도달하기도 한다. 때때로 인생을 살짝 알 것 같은 자만심에 빠지기도 하면서.

저마다 시기는 다르겠지만 어느 나이쯤엔 자기만의 인생지표가 생긴다. 인생에서 가장 중요하게 여기는 가치나 태도 같은 것들이 정해진다. 소소하게는 자신의 행복을 바라고,

어떤 이는 개인의 삶보다 좀 더 넓은 범위에 가치를 두기도 한다. 그리고 사람들은 은연중에 말, 표정, 눈빛, 행동으로 자신의 생각과 가치관을 피력한다.

누군가와 대화를 하다 보면 자연스럽게 그가 추구하는 삶의 방식이나 지표들이 보이곤 한다. 가끔은 너무 멋있어서 놀랄 때가 있고, 때로는 너무 편협하고 이기적이어서 놀랄 때가 있다. 그런 모습을 볼 때마다 나는 무엇을 따라가고 있는지 생각하게 된다. 이왕이면 긍정적이고 선한 지표들이 나를 이끌었으면 좋겠다. 다방면으로 열린 소통의 자세와, 완강한 거부나 부정이 아닌 무엇이든 우선은 끌어안는 포용력이 있으면 좋겠다. 그리고 가장 중요한 것은 쉽게 '단정 짓지 않는 자세'다.

혹자는 뜻대로 되지 않는 인생을 두고 '사는 건 원래 그런 거야'라고 쉽게 단정 짓기도 한다. 어차피 계획대로 되지 않으니 지금 이 순간이라도 즐기자고, 그렇게 아등바등 살아봤자 남는 게 뭐가 있느냐고 말이다. '인생 뭐 있어? 그냥 사는 거지'라는 식의 다소 안일한 태도를 보이는 사람들도 있다. 물론 어떤 상황에서는 모든 것을 내려놓은 체념의 태도가 필요할 때도 있다. 하지만 이런 태도는 삶을 살아가는 데 도움이 되지 않는다. 아무리 인생이 마음처럼 되지 않는다고 해도 될 대로 되란 식의 태도는 곤란하다. 스스로 자신을 내팽개치면 누가 내 인생을 들여다봐줄까?

모든 이들이 같은 속도로 인생을 살 수 없고, 개별적으로 겪는 경험 차도 크기에 꼭 어느 시기를 두고 삶의 태도를 정해야 한다고 단정할 수는 없다. 그래도 마흔 전후에는 삶의 가치나 태도가 어느 정도 세워져야 한다고 생각한다. 이전까지는 앞만 보고 걸어온 날들이 많았을지도 모르지만, 마흔은 어쨌거나 인생의 중간 지점이다. 앞으로 어떻게 살 것인가에 대한 기준을 이제는 정해야 하지 않을까.

마흔은 여전히 흔들리고 좌절하는 동시에 책임감을 갖고 해야 할 일은 점점 많아지는 나이다. 먼저 나를 책임져야 하고, 경우에 따라서 나이 든 부모님과 어린 자식을 부양해야 한다. 중심을 잡고 해나가야 할 것들이 많아서 그 어느 때보다도 혼돈의 시기라고 생각한다. 나는 이제 막 혼돈의 시기에 도착했다. 앞에 보이는 것이 완만한 지평선이 아닌 어지러운 블랙홀이지만 더 이상 흔들리고 싶지만은 않다. 이곳에 명확하진 않아도 나만의 어떤 팻말을 꽂아두고 싶다. 이것들은 길을 잃었을 때 다시 돌아올 수 있게 해줄 안내판이 될 것이다. 나의 인생을 지탱하고 지속해줄 큰 중심축과 상식선 안에서의 어떤 기준, 좀 더 넓게 말하자면 삶을 살아가는 '어떤 태도' 같은 것들 말이다.

⋮

늦었다고 생각될 때
반드시 해야 할 일들

관음하고

SEX하고

비난하거나

격론을 벌이고

어느 대상을 오마주하고

퇴폐적으로

젊음을 보내야 했다.

미친 듯이

무모하게

그 나이에 현명함이란

오히려 위선

-『바람에 운명을 맡기다』에서 「청춘, 꽃날」

미친 듯이

무모하게

위선적이지 않게

나의 청춘, 꽃날

무엇에든 미친 듯이

무모하게 뛰어들 용기

아직 조금은 남아 있나?

어쩌면, 나에게 미친 듯이, 무모하게, 라는

젊음은 없었던 것인지도

-나의 청춘과 꽃날에 관한 메모, 2009.04.18

10년이 지났다. 서른에서 마흔이 되었다. 예전 기록들을
기웃대다 10년 전에 썼던 글을 발견했다. 「청춘, 꽃날」이라는

시를 카피해 쓴 글은 환상에 꽂혀 있었던 듯하면서도 자조적이었다.

내 나이 서른 살, 찬란했던 20대를 지나 30대의 문턱을 막 밟았던 시기에 스물아홉에서 서른으로 넘어오면서 '이제 나의 청춘은 끝난 건가' 하고 생각했던 것 같다. 왜 그랬을까? 그때는 30대가 얼마나 빛나는 시기인지 미처 몰랐던 거다.

돌이켜 여러 번 곱씹어보고 말하는 건데, 진심으로 그즈음이 내 인생에서 가장 찬란했던 '꽃날'이었다. 사실 서른 살을 넘긴다는 것은 당시의 나에겐 좀 두려운 일이었다. 하지만 선을 넘으면 알게 되는 게 있다. 선 밖의 세상이 생각보다 별게 아니라는 사실이다. 서른 역시 마찬가지였다. 넘고 보니 별거 아니었음은 물론이고 오히려 20대와는 또 다른 세상이 나를 기다리고 있었다.

나는 20대 초반부터 방송 작가로 일했고, 서른 초반이 되자 7~8년 정도의 경력을 쌓게 되었다. 전에는 하기 싫은 일도 무조건 해야 했지만 그쯤부터는 일을 조절할 수 있는 노하우가 생겼다. 자신감도 생겼고, 나름대로는 작가로서 자리를 잡아가고 있다고 생각했다. (실은 그게 아니었지만!)

실제로도 서른 초반의 나는 너무나 젊었으며, 세상에 재밌는 것이 넘쳐났다. 그 시절 내겐 소울메이트라고 자신 있게 말할 수 있는 친구들이 있었고, 우리는 거의 매일 만나 일과 사랑, 인생을 얘기했다. 그렇게 짐짓 어른인 척 나만의 미래를 설계하는 일은 다시 심장을 뛰게 할 만큼 짜릿했다. 막연한 20대 시절보다 훨씬 구체적인 심장의 움직임이었다.

당시엔 젊음의 한 시절을 이미 지나왔다 생각하며 아쉽기도 했고, 무언가에 미친 듯이 뛰어들지 않았던 나를 질책하기도 했지만, 30대 초반의 나는 그냥 나 자체로 충만하다 느꼈던 날들이 많았다. 사실 그거 하나면 더 바랄 게 없는 건데, 당시엔 알 수 없었기에 지금은 더욱 애틋한 추억이 됐다.

그렇지만 참 다행이다. 10년 전의 내가 나로 살기 위해 많이 고민하고 노력했다는 사실과, 그 자체로 충만했고 빛났다는 걸 10년 후에 다시 깨달을 수 있어서. 앞으로 또 10년 후의 나는 지금의 나를 어떻게 기억하고 평가할까. 여전히 미친 듯이 무모하지 않았음에 아쉬워할까. 아니면 그 나이에도 참 무모했다고 평가하게 될까.

내가 막 만난 마흔은 여전히 너무 젊고 뭐든 해보고 싶어서 몸이 근질근질한 나이다. 좀 늦었나 싶기도 하지만 실은 아직 늦지 않았고, 해보지도 않고 후회하기엔 아쉬움이 많이 남는 나이가 바로 지금 내가 지나고 있는 마흔이 아닐까.

　20대와 30대를 관통하고 이제야 조금 알게 된 게 있는데, 뭐든 '해보지 않은 것', '무모하지 않은 것', '과감하지 않은 것'에 미련이 많이 남는다는 사실이다. 마흔 역시 마찬가지일 것이다. 40대를 지나 10년 후, 50대가 되어 지금을 돌아봤을 때 내가 그때 그것을 '하지 않아서' 후회하는 일이 많다면 정말 속상할 것 같다. 그때는 정말 돌이킬 수 없고, 인생의 이 따뜻한 오후 같은 시간은 다시 오지 않을 테니까. 그런 의미에서 아직, 아주 많이, 좀 더, 무모해도 될 것 같다.

:

앞으로 5년 후
나는 어떤 모습일까

　문득 지금 가고 있는 이 길이 맞는지 궁금할 때가 있다. 그
동안의 수많은 선택지 중에서 내가 뽑은 것이 가장 최선이었
을까. 이쪽이 과연 올바른 방향일까. 가장 좋은 곳으로 가고
있는 걸까. 만약에 그때 그 선택을 했더라면 나는 지금 어떻
게 살고 있을까…….

　이런 의문은 일이 꼬이거나 인생이 안 풀릴 때 들기도 하
지만, 아무 일도 없는 평범한 하루 중에 갑자기 떠오르기도
한다. '나 지금 잘 사는 거 맞지? 이 정도면 괜찮은 거지?' 오
직 본인만이 내릴 수 있는 답이지만, 자신 있게 나 지금 '겁
나' 잘 살고 있다고 스스로 확언하기는 어렵다.

어느 날은 '그래 잘하고 있어' 싶다가, 또 어느 날은 '대체 나 지금 어디로 가고 있는 거야?' 하고 의문이 들다가, '내가 왜 그랬을까' 싶은 날도 있고, '그러지 말았어야 했는데' 하는 날도 있다. 잘했다는 칭찬보다 자책과 후회가 많다. 겨우 자신을 다독이며 가까스로 이 정도면 선방하고 있다고 생각하려 한다.

공자님께선 마흔쯤 되면 무엇에든 흔들리지 않게 된다고 하셨지만, 틀렸다. 마흔은 무엇에도 흔들릴 수 있는 나이다. 생각보다도 훨씬 많이 휘청거릴 수 있다. 그래도 나는 지금까지 최선이라고 생각하는 곳으로 꾸준히 걸어왔다. 갈팡질팡 불안하고 어지러운 발걸음들이 나를 지금의 이곳으로 데려다줬다.

한 발 한 발 걷다가 어느 날은 크게 넘어져서 다시 걷고 싶지 않을 때도 있었고, 걸으면 걸을수록 깊게 빠지는 늪 같아서 걸음을 내딛는 게 무서울 때도 많았다. 물론 기세 좋게 쭉쭉 달려갈 때도 있었다. 그러나 달려온 만큼 쉬고 싶었던 적이 더 많았다. 한동안 걷지 않을 때도 있었다. 그저 매일매일 떼야 할 너무나 당연한 발걸음이었지만, 사실 그 걸음들은 우리 인생의 첫 번째 발걸음이었다. 쉬울 리 없었다.

요즘 나는 이 당연한 걸음이 곧 기적 같은 일이며, 나를 매일 나아가게 만들었음을 실감하고 있다. 매일 비슷한 환경에서 똑같이 걷다 보니 잊고 지냈지만, 사실 나는 내 일상을 유지하기 위해 매 순간 노력했고, 잘 될 때는 셀프 칭찬을 하고 안 될 때는 셀프 위로를 해가며 온전한 하루를 만들기 위한 행동을 계속하고 있었다.

하루하루가 모여 지금 내가 가는 길이 됐고, 지금의 내가 되었다. 이 깨달음은 평범한 일상에서 친구들과 커피를 마시다가 자연스럽게 찾아왔다. 어떤 가수는 사랑은 은하수 다방 문 앞에서 만나 홍차와 냉커피를 마시면서 온다고 노래했는데, 나는 을지로의 어느 작은 카페에서 수제 브라우니와 커피를 마시면서 친구들과 대화를 하다가 짧지만 강렬한 깨달음을 얻게 되었다. 아주 짧았지만 머릿속이 일시 정지되면서 진공 상태가 되었다. '나, 그리고 우리는 지금껏 잘 살아냈구나. 참 대견하다.'

20대 후반에 같은 프로그램을 하다 만난 PD 친구, 작가 친구와 대화를 하다가 생긴 일이었다. 우리는 알고 지낸 지 10년이 넘었다. 약 10년 전, 서로 나잇대가 비슷해 쉽게 친해졌다. 자주 만나고 연락하지 않지만 언제 만나도 편하게 대화할 수 있는 사이다. 몇 년 동안 연락하지 않을 때도 있었지만 다시 만났을 때 우리 사이에 어색함은 하나도 없었다. 매일 일상을 공유하고 안부를 묻는 사이도 있지만, 아주 가끔 만나도 무척 괜찮은 사이도 있다. 우리가 그렇다. 이번에도 아마 1년 만의 만남이었던 것 같은데, 하여튼 아주 오랜만에 만났음에도 대화는 끊이지 않았다.

대화의 주제는 크게 두 가지였다. 현재 하는 일과 관심사에 관한 것, 또 앞으로 하고 싶은 일과 관심사에 관한 것이었다.

10여 년 전 MBC에서 일했던 세 사람은 지금 어떤 일을 하고 있을까? 지상파 방송 3사가 주류로 여겨지던 당시, 교양 프로그램에서 가열차게 일했던 세 사람은 이제 각자의 길을 가고 있다. 시사 프로그램에 뜻이 있던 작가 친구는 현재 예능 프로그램의 기획 작가로 일하고 있고, MBC를 씹어 먹을 기세로 혈기 왕성했던 PD 친구는 모 방송사의 안정적인 직원 PD가 되었다. 그리고 나는 다큐멘터리 프로그램 작가이자 동화나 에세이를 쓰는 작가에 도전하고 있다. 겉으로 보기엔 여전히 방송 언저리에서 기웃대고 있는 것 같지만,

우리들은 전혀 다른 길을 계획하는 중이다.

3년 전에 결혼하고 작년에 한 아이의 엄마가 된 작가 친구가 먼저 포부를 밝혔다. "나 지금부터 선언할 거야. 내가 이 말을 하는 이유는 꼭 그걸 해내고 싶어서야." 친구는 오랫동안 고민하고 결정했다는 계획을 발표했다. "나는 앞으로 5년 안에 위탁 가정 보호를 시작할 거야."

전혀 예상하지 못했던 친구의 선언. 위탁 가정 보호는 보호자가 없는 아이들을 가정에서 일정 기간 동안 양육하는 것을 말한다. 시설에 가거나 입양되기 전까지 약속한 기간 동안 가정에서 아이를 양육하는 것인데, 해외와 달리 국내는 아직까지 위탁 가정이 많지 않다. 한 아이의 인생을 책임져야 하는 것 같아서 나는 감히 엄두도 내지 못할 일이었다.

친구의 결심은 단호했다. 아이를 낳고 키우다 보니 인생관이 달라졌고, 좋은 부모가 왜 필요한지, 사람에게 온기와 사랑이 얼마나 중요한지 깨닫게 됐다는 것이다.

"이렇게 말을 해놔야 내가 그 일을 포기하지 않고 할 수 있을 것 같아."

남편은 동의했지만, 아직 시댁과 친정 부모님에게는 의논하지 않았고 어쩌면 어른들은 반대할지도 모른다고 했다. 그래도 자기는 꼭 그 일을 할 것이며, 앞으로 공부를 더 해서 전문적인 위탁 가정이나 시설을 만들고 싶다고 했다. 친구가 그 멋진 일들을 하나하나 이뤄가길 함께 소원했다.

그날의 커피 타임은 늘 있는 일처럼 평범했지만 다른 날과 전혀 다르기도 했다. 한 사람이 자신이 그리는 미래상을 꺼냈고, 남은 우리도 기꺼이 미래에 대한 고민과 생각을 공유하며 발전적인 대화를 했다. 나는 줄곧 앞으로 무엇을 하며 먹고살아야 할지 고민했는데, 그것들을 입 밖으로 꺼내자 더욱 구체적인 그림이 그려졌다.

"나는 글을 쓰면서 살고 싶어. 그것이 동화든 에세이든 어떤 종류가 됐든 간에 표현하는 일, 글로 풀어내는 일을 하고 싶다는 거야. 그것들이 어떤 방식으로 이뤄질지 아직 확신은 없지만, 요즘도 계속 글을 쓰고 있어. 이 글들을 모아서 에세이를 내는 게 첫 시작일 거 같아."

마찬가지로 친구들은 힘껏 응원해주었고, 나 역시 지금보다 더 정진하고 꾸준히 노력해야겠다는 생각이 들었다. 내가 말했고, 들은 친구들이 있고, 그러므로 이 일을 아는 사람은 최소한 세 명이 된 것이다. 이제 혼자서 가슴속에 품고 고민할 때와는 다른 일이 되었다.

마지막으로 PD 친구에게 시선이 쏠렸다. 지금까지 거의 비혼주의에 가까운 삶을 살았던 그녀는 어떤 미래를 그리고 있을까? 지금처럼 혼자서 당당한 삶을 즐기고 싶을까, 혹시 다른 사람과 함께하는 미래를 그리게 됐을까. 궁금했다. 우리는 물었다. "앞으로 5년 후, 어떻게 살 거야?"

"나는 5년 후엔 한국이 아닌 다른 곳에서 살 거야. 일단 필리핀을 생각하고 있어." 그녀 역시 평소에 많이 생각한 문제인 듯 술술 얘기했다. 필리핀, 생각지 못한 의외의 대답이었다. "몇 년 전에 필리핀에 가서 스쿠버다이빙을 처음 해봤는데, 정말 신세계더라. 모든 잡념이 사라지면서 행복이 밀려왔어. 그곳에서 진짜 좋아하는 일을 하면서 살고 싶어."

그럼 결혼은 하지 않고 필리핀에서 혼자 지낼 거냐고 묻자, 그녀는 시원하게 답했다. "응, 나는 남자랑 같이 사는 것보다 지금처럼 혼자 사는 내가 좋아. 남자와의 미래가 잘 그려지지도 않고. 지금의 상태를 깨기가 싫어."

필리핀에 가서 구체적으로 무얼 하며 먹고살 거냐는 질문에는, 아직은 고민 중이며 지금은 우선 필요한 자금을 열심히 모으고 있다고 했다. 우선은 스쿠버다이빙 강사 자격증을 딸 계획이고 앞으로 다른 일도 찾아볼 예정이라고 했다.

10여 년 전 같은 프로그램을 만들며, 매일 같은 모습으로 매 순간 치열한 일상을 견뎌낸 우리들은 이제 완전히 다른 꿈을 꾸고 있다. 앞으로 5년 후의 우리는 완전히 다른 길을 가고 있을 것이다. 한 사람은 두근대는 마음으로 위탁 가정 보호를 시작했을 것이고, 또 다른 한 사람은 따뜻한 나라에서 최소한의 행복을 누리는 삶을 시작했을 것이며, 또 다른 한 사람은 글 쓰는 일을 멈추지 않고 키보드를 두들기며 살고 있을 것이다.

마흔 정도 되어 주위를 둘러보니 언제나 제자리일 것 같았던 것들이 충실히 움직이며 어떤 변화를 만들어내고 있었다. 매일 똑같고 전혀 특별할 것 없는 하루가 모여 만들어낸 일상의 기적이었다. 반복되던 것들이 쌓여서 자기만의 인생 철학이 세워졌고 각자의 소신과 주관이 생겼다. 이 변화들은 앞으로 우리가 생각하는 미래를 재현할 것이고, 또 다른 변화를 가져올 것이라고 믿어 의심치 않는다.

우리는 각자의 위치에서 제각각 살아왔다고 생각했지만 보이는 게 전부가 아니었다. 인생의 수많은 변수와 불안을 이기며 살아온 지금에서야 겨우 조금 알 것 같다.

눈에 보이지 않는 시간이 쌓여 한 인간은 성장한다. 지금은 아무런 힘이 없어 보여도 결국엔 이뤄내고야 마는 것이 바로 '시간의 힘' 이다.

완전히 다른 길을 가는 그녀들의 앞길이 이왕이면 꽃길이었으면 좋겠고, 지금처럼 자주 보거나 연락을 하지는 못해도 오랜만에 만나면 진한 회포를 푸는 사이가 유지되길 바란다. 각자의 길을 걸어가는 멋진 그녀들을 힘껏 응원한다.

:

낄 때 끼고
빠질 때 빠질 줄 아는
그런 어른

저기, 공자님. 마흔은 정말 미혹되지 않는 나이가 맞나요?
저만 아닌가요? 왜 저는 마흔이 넘었는데도 매일 미혹되고
흔들릴까요? 실제로 살아 보니 마흔이 어떤 것에도 흔들리
지 않는 불혹은 아닌 것 같은데요…….

현시대에 공자님을 만나 되묻고 싶다. 여전히 지금도 그
말과 뜻에 변함이 없느냐고 말이다. 공자님이 이루었던 불혹
과 나의 불혹은 너무나 달라서 나같은 사람은 그 뜻을 헤아
리기가 힘들다. 어떠한 유혹에도 의연하며, 타인의 시선에도
아랑곳하지 않고 오직 자신의 길을 가기 위해선 대체 얼마나
많은 수양과 인내가 필요할까.

그렇다면 오늘날의 마흔은 어떤 나이일까. 글을 쓰다 보니 마음속에서 해결되지 않는 의문들이 일었다.

중년의 나이에 이제 막 접어들면서 사회적으로는 완전한 어른으로 들어가는 나이. 많은 것을 이루었지만 아직 못 이룬 게 더 많은 나이……

마흔은 여러 가지로 심란한 나이인 것은 틀림없다. 앞자리가 '4'로 바뀌는 순간, 이전에는 없던 제약들이 생기고 노화에 가까워진 것 같아서 어쩐지 여자로서 포기해야 할 것도 늘어난 기분이 든다.

마흔은 여자와 남자 모두에게 매우 중요한 나이지만 서로가 생각하는 의미는 좀 다를 것 같다. 중요한 사실은 남자든 여자든 마흔을 기점으로 인생을 바라보는 시각이 달라지고, 현재의 위치와 온전한 자신의 모습을 그대로 인정하기 시작한다는 데 있다.

마흔의 여자는 이제 더 이상 젊지 않은 자신을 인정하고, 지금의 모습을 더욱 사랑할 준비를 해야 한다. 지금까지 인생의 여러 고비를 무사히 넘기면서 자신을 지켜낸 여자들은 그 자체만으로 존중받을 이유가 충분하고 이미 아름답다. 젊음만이 인생의 전부가 아니며, 젊은 아름다움이 모든 아름다움을 대변할 수는 없기에 지금의 우리는 그 자체로 빛난다.

40대의 아름다움은 마치 농익은 열매처럼 진하고 부드러운 것이다. 농익은 열매에 설익은 열매의 풋내는 없다. 설익은 열매는 먹기 전에 그 맛을 가늠하기가 힘들지만 농익은 열매는 다르다. 충분히 잘 익었다는 게 눈으로도 보인다. 맛은 배신 없이 달고 진하다. 과육도 연해서 먹기 좋다. 충분한 시간 속에서 향기가 진해졌고 속은 부드러워진 농익은 열매, 이것이 마흔의 아름다움과 닮았다.

요즘 유행하는 말처럼 '낄끼빠빠(낄 때 끼고 빠질 때 빠진다)'를 할 수 있는 40대는 가릴 건 가리고 적당한 때에 치고 빠지는 지혜를 가졌기에 결코 과하거나 부담스럽지 않다. 반대로 마흔이 넘었는데도 그러지 못하고 있다면 그건 좀 주책이거나, 분위기 파악을 못 하거나, 아직도 자기가 20·30대인 줄 착각하고 있을 확률이 높다. 이건 좀 별로다.

마흔은 확실히 20대나 30대와는 다르고 서른아홉과도 분명 다르다. 서른아홉과 마흔은 한 살 차이일 뿐이지만 둘 사이엔 우주만큼의 거리감이 존재한다. 마흔이 되면 더 이상 책임을 미루기만 해서는 안 된다고 자각하게 되고 삶의 무게를 모른 척할 수도 없게 된다. 그렇지만 이것들을 감당할 내공은 충분하다. 40년의 인생 내공이 있기 때문에 잘 버텨낼 수 있다.

흔히들 마흔을 가리켜 '마흔앓이', '사십춘기'라고들 한다. 그만큼 마흔을 앞둔 사람들은 고민이 많고, 마흔을 관통한 사람들의 삶이 쉽지 않다는 것을 방증하는 말이다. 그럼에도 다행스러운 점은, 과거 우리가 사춘기를 지나 훌쩍 성장했듯이 이번에도 역시 성장할 것이라는 사실이다. 나 역시 유난스러운 이 마흔앓이를 한차례 겪고 나면 이번에도 꽤 많이 달라져 있을 것 같다.

마흔은 불혹이 될 수 없음을 당당하게 인정하고, 흔들리는 자신에게 괜찮다고 말해주고 싶다. 마흔이든 쉰이든 흔들리거나 확신이 없어도 괜찮으며, 그저 삶을 살아가고 있다고 생각해도 괜찮다. 이미 그 자체로 충분하고 날마다 더 좋아지고 있다고 생각해도 된다.

나는 인생에서 흔들릴 때마다 프랑스의 심리치료사 에밀

쿠에의 자기암시법을 떠올리곤 한다.

"날마다 날마다, 모든 면에서, 나는 점점 더 좋아지고 있
다 Day by day, in Everyway, I am getting better and better."

내가 이 말을 좋아하고 평소에도 자주 되뇌는 이유는 이
문장 안에 내가 살아가는 모든 순간에 대한 당위가 담겨 있
기 때문이다. 또한 앞으로 더 좋아질 것이라는 긍정의 의미
도 담겨 있다. 그저 인생을 살아갈 뿐이지만 우리는 날마다
모든 면에서 점점 더 좋아지고 있고, 언제나 사랑받을 자격
이 있으며, 언제나 그 자체로 완전하다.

때때로 많은 유혹과 장애물에 미혹될지라도, 그러면 또 어
떠한가. 미혹되더라도 나는 매일 1밀리미터라도 나아가는
삶을 살아갈 것이다. 이것들을 겨우 깨달은 이제부터가 진짜
인생일지도 모른다. 나는 아직 마흔일 뿐이니까.

:

그럼에도 불구하고
포기하고 싶지 않은 것

지금까지 마흔에 대해서 줄곧 썼지만 마흔이란 나이는 참 오묘하다. 너무 늦은 것 같으면서도 다 포기해버리기엔 너무 이른 나이인 것 같다. 또 청년은 아닌데 중년으로 인정하기엔 뭔가 억울한 청년과 중년 사이, 그 어디쯤의 과도기적인 나이랄까. 사실 모든 나이를 통틀어 포기해도 좋은 나이란 없다.

마흔 정도 되면 모든 면에서 체념하듯 확 늙어버리는 사람이 있는가 하면, 여전히 젊어 보이고 실제로도 매우 젊게 사는 사람이 있다.

마흔이라는 나이부터는 왠지 '나이 듦'의 구분이 없어진다는 느낌도 받았는데, 나이의 경계가 불확실해지는 이유는 이 때부터 신체 나이보다 '자아 의지'가 우선된다고 생각하기 때문이다.

세상을 어떤 가치관과 시각으로 바라보고 움직이느냐에 따라 외적인 모습도 큰 영향을 받고, 그래서 자신이 생각하는 나이로 살게 된다고 해야 할까. 또한 마흔쯤 되면 그동안 살아온 과정에 따라 삶의 모습이 어느 정도 정해진다는 데도 동의하게 된다. 때문에 마흔 전후엔 반드시 자신에 대한 중간 점검 내지는 자아 성찰이 필요하다. 그 시간이 무엇이 됐든, 좀 더 객관적인 시선으로 자신을 바라보게 해주고 발전적인 방향으로 나아가게 해줄 것이라고 믿는다.

냉철하게 자기 자신에 대한 중간 점검을 마쳤다면, 이제 다시 앞으로 나아갈 수 있는 무한대의 가능성이 남아 있다. 시작할 때 두려움을 조금만 떨쳐내면 뭐든지 도전할 수 있고 해낼 수 있다. 실제로 살아 보니 마흔은 너무 젊은 나이다. 무엇이든 할 수 있는!

그 무엇에는 당연히 '사랑'이 포함된다. 주변 사람을 비롯한 많은 이들이 마흔이라는 나이 앞에서 지레 포기하는 게 많다. 좀 심하게 얘기하면 스스로 자신을 퇴물 취급하면서까지 사랑을 외면하고 애써 감정을 억누른다. 사랑에 빠지거나 시작되는 감정을 애초에 차단하는 경우도 많다.

많은 이들이 왜 사랑하기를 주저하는지 그저 안타까울 뿐이다. 다시 상처받기 싫어서? 사랑하는 데 드는 정신적·물질적 에너지가 아까워서? 사랑을 찾는 것이 귀찮거나 모든 것이 다 무의미하다고 느껴서? 이유가 무엇이든 간에 사랑을 미리 포기하는 자의 비겁한 변명으로 들린다.

나이가 조금 더 든다고 해서 사랑이라는 감정이 퇴색될까? 전혀 그렇지 않다. 오히려 감정이 깊어지면 깊어졌지, 절대 줄어들거나 작아지지 않는다. 나이를 몇 살 더 먹는다고 해서 한순간에 사랑을 느끼지 못하는 것도 아니다. 왜 우리나라에선 나이 먹은 사람의 사랑을 젊은 사람의 사랑보다 낮은 감정으로 매기는지 모르겠다. 이런 인식은 은연중에 곳곳에서 드러난다.

나이를 먹을수록 인간은 더 외로워진다. 지금 사랑을 하고 있지 않다면 확실히 그럴 것이다. 다만 외롭다는 감정도 익숙해지기 때문에 시간이 지나면 외로움을 어느 정도 조절할 수 있게 되고, 외롭지 않다고 생각될 때가 오기도 한다.

하지만 외로움을 견디는 일에 어느 정도 내성이 생긴다고 해도, 생각지 못한 순간에 갑자기 외로움이 밀려들고 그 감정을 주체하지 못하는 날이 올 수도 있다. 당신이 지금 사랑을 외면하고 있다면 말이다.

우리는 언제나 사랑하고 사랑받아야 하는 존재다. 살면 살수록 팍팍하고 인정 없는 세상에서 우리를 구원해줄 유일한 방법은 바로 사람과 사랑이 아닌가 싶다. 비록 상처받더라도 우리가 다시 사랑을 시작해야 하는 이유다.

누군가는 반문할지도 모른다. 인간은 누구나 외로우며, 그저 외롭다고 사랑을 한다면 더 외로워질 뿐이라고. 하지만 나는 말하고 싶다. 사랑을 하면서 느끼는 외로움과 사랑을 하지 않으면서 느끼는 외로움은 완전하게 다른 것이다. 둘이 함께 있든 혼자 있든 인간은 누구나 내면에 원초적인 외로움을 갖고 있지만, 이는 사람의 온기와 사랑 앞에서 얼마든지 줄어들거나 치유될 수 있는 감정이다.

왜 나이가 들었다는 이유로 사랑이라는 감정을 외면하는가? 무엇 때문에 망설이는가? 혹시 다시 사랑을 시작할 용기가 없는 건 아닌지, 그것도 아니면 사랑이 다시 오지 않을까 봐 모든 감정을 일부러 모른 척하고 있는 건 아닌지, 스스로에게 물어봤으면 좋겠다.

나 역시 스스로에게 물었다. 대한민국에서 나이 마흔을 맞은 너는 지금 어떤 상태이며, 솔직히 말해서 네가 원하는 사랑은 어떤 모습이냐고. 또 두려움 없이 사랑이라는 감정에 뛰어들 준비가 되어 있는지, 그래서 사랑이 왔을 때 놓치지 않을 자신도 있느냐고 말이다.

사랑을 말하기에 앞서 내가 느낀 여자 나이 마흔은 적고 많음을 논하기보다 '아직 괜찮다' 정도로 말할 수 있는 나이다. 나이가 적기보다는 많음에 가깝기는 하지만 아직 괜찮다. 진심으로 그렇게 믿고 있으나 어쩐지 스스로 하는 위로 같기도 하다.

마흔이 되어 주위를 돌아보니 절친들의 대부분은 결혼을 했고 아이가 하나 혹은 둘 있는 엄마가 되었다. 나와 다른 삶을 살고 있는 그녀들이 엄청 부럽다거나 나도 빨리 결혼을 하고 싶다는 생각은 별로 없다. 다만 단출하게 나만 챙기면 되는 삶에서 사랑하는 이가 없다는 사실은 왠지 모르게 허전하고 쓸쓸하게 느껴졌다.

사랑을 하지 않는다고 해서 누군가를 아예 만나지 않는 건 아니었지만, 친구들에게 들려주는 나의 썸남 이야기가 레벨업이 될수록 내면엔 허무한 감정이 쌓였다. 결혼한 그녀들에게 나의 사랑 이야기는 옛 연애 기억을 떠올리게 하는 매개이자, 드라마만 봐선 결코 채울 수 없는 리얼 현실 드라마다.

친구들에게 연하남과의 썸 이야기를 들려주며 이번에도 시시하게 끝났다고 허무해하고, 그렇게 방황하다 다시 누군가를 만나고 헤어짐을 반복하면서 감정 소모는 이미 겪을 만큼 겪었다. 영원한 비혼주의자는 아닌 나는 대체 언제쯤 진짜 인연을 만나게 될까 많이 궁금했다. 그러면서도 '아직 썸이 있다', 즉 '아직 나는 괜찮다'라고 스스로 위로했던 것 같다. 다시 올 사랑을 기다리면서 말이다.

분명 연애나 썸 같이 다른 사람과 함께하는 행위는 감정이든 체력이든 에너지가 많이 필요하고, 심지어 마흔이면 이제 지칠 만도 하다. 그래도 나는 포기할 수 없었다. 사랑이 핑크빛 로맨스만이 아닌 것을 알지만, 사랑은 잠깐의 핑크빛과 회색, 빨간색, 노란색, 보라색 등 여러 가지 색깔이 펼쳐지는 그야말로 스펙터클한 대서사시라는 것도 잘 알지만, 나는 다시 그 속으로 들어가고 싶다.

나를 두고 저울질하지 않는, 적어도 눈에 보일 정도로 속이 뻔한 남자들 말고, 나를 있는 그대로 봐주는 괜찮은 남자를 만난다면 다시 한 번 그에게 나를 내던질 준비가 되어 있었다.

그런 나에게 마흔의 어느 봄날 다시 사랑이 찾아왔다. 예고되지 않은, 완전하게 예상치 못했던 만남이었고 사랑이었다. 사랑은 교통사고와 같이 찾아온다더니 그 말이 딱 맞았다. 차에 치이는 경험처럼 정신을 못 차릴 만큼 아찔했던 에피소드가 이 사랑에도 있었다. 그래도 우리는 우여곡절 끝에 사랑을 지켜냈고 지금도 사랑하고 있다.

지금의 사랑을 마지막 사랑이라고 부르는 건 역시 조심스럽다. 아마 '마지막 사랑이었으면 좋겠다'가 맞는 말이겠다. 사랑은 언제 올지 모르고, 내 인생이 앞으로 어떻게 펼쳐질지 알 수 없는데 무엇을 장담한단 말인가. 그저 최선을 다해 사랑하면서 서로를 바라보며 살고 싶을 뿐이다.

인생은 한 가지 미션이 끝나면 또 다른 미션이 주어지고 때론 여러 가지 미션이 엉킨 형태로 온다. 심지어 지금의 미션을 끝내지도 못했는데 더 어려운 미션을 던져주는 복잡한 게임의 세계와도 비슷해서, '미션 클리어'를 외칠 수 있는 날이 언제 올지도 알 수 없다. 사랑도 마찬가지다. 이 사랑이 끝나면 어떤 사랑이 올지 알 수 없다. 그다음이 쉬운 사랑일지 아픈 사랑일지 혹은 인생 최고의 사랑일지 알 수가 없다.

그래도 우리는 모두 사랑을 꿈꾼다. 지금 사랑하는 사람이든, 사랑하지 않는 사람이든, 결혼한 이들까지도, 모두 다른 형태의 사랑을 꿈꾸고 갈구한다.

지금 나이가 많아서 혹은 이미 결혼을 해서 사랑을 미뤄두거나 외면하면 인생은 너무나 빠르게 지나간다. 인생의 모든 순간이 그저 사랑하기에 좋은 나이다.

분명한 건, 남들이 어른이라고 부르는 나이

마흔이 되어도 불안한 게 정상이라는 것이다.

그러니 이 글을 읽는 마흔 언저리의 불안한 어른들이

너무 두려워하지 않았으면 좋겠다.

나만 이렇게 방황하고 있는 게 아니며,

모두가 불안할 수밖에 없다는 사실에

아주 조금이라도 위로를 받았으면 좋겠다.

우리가 할 수 있는 것은 지금처럼 적당히

자신이 할 수 있는 일을 해나가면서

하루하루 잘 살아가는 것,

그뿐이다.

설레거나 시시하거나 이대로가 좋은 나이

나답게 살고 있냐고
마흔이 물었다

초판 1쇄 발행 2020년 6월 15일
초판 2쇄 발행 2020년 9월 24일

지은이 김은잔
펴낸이 김선준

책임편집 배윤주
편집1팀장 마수미
디자인 김세민
마케팅 권두리, 조아란, 오창록, 유채원
경영지원 송현주

외주 디자인 이승현
일러스트 센

펴낸곳 포레스트북스 **출판등록** 2017년 9월 15일 제 2017-000326호
주소 서울시 강서구 양천로 551-17 한화비즈메트로1차 1306호
전화 02) 332-5855 **팩스** 02) 332-5856
홈페이지 www.forestbooks.co.kr **이메일** forest@forestbooks.co.kr
종이·출력·인쇄·후가공·제본 ㈜현문

ISBN 979-11-89584-68-9 (03810)

포레스트북스(FORESTBOOKS)는 독자 여러분의 책에 관한 아이디어와 원고 투고를 기다리고 있습니다. 책 출간을
원하시는 분은 이메일 writer@forestbooks.co.kr로 간단한 개요와 취지, 연락처 등을 보내주세요. '독자의 꿈이
이뤄지는 숲, 포레스트북스'에서 작가의 꿈을 이루세요.